# 冷徹エリート御曹司の独占欲に火がついて最愛妻になりました

ねじまきねずみ

スターツ出版株式会社

目次

## 冷徹エリート御曹司の独占欲に火がついて最愛妻になりました

# 冷徹エリート御曹司の独占欲に火がついて最愛妻になりました

# 第一章　茉白と氷の御曹司

「茉白さん、このメイクポーチって値段いくらでしたっけ？」

「二千三百五十円。ちなみに税別だから間違えないでね」

「さすが〜」

　花柄のメイクポーチの値段を即座に答えたのは真嶋茉白・二十八歳。株式会社LOSKAで企画営業の仕事をしている。

　ダークブラウンのミディアムロングをふんわりとまとめた髪形で、服装は営業にも行ける程度の堅すぎずやわらかすぎずのオフィスカジュアルだ。

　ここロスカは女性向けのポーチやステーショナリー、傘などの雑貨を作っているメーカーで、社員数は二十名程度の業界では比較的規模の小さな会社だ。

「茉白さんて、もしかして全商品の価格暗記してるんですか？」

　後輩社員の塩沢莉子が感心を込めて言った。莉子は二年後輩の二十六歳で、茉白よりも少しフェミニンな見た目をしている。

「んー、さすがに全部ってわけではないけど、この二、三年で発売したものは覚えてるかな」

「えーすごーい！」

「すごいって……莉子ちゃんだってお客さんに聞かれるでしょ？　すぐ答えられた方がいいじゃない」

「まあそうなんですけどね～。柄も形もたくさんあって覚えられないですよー。さすが主任！　私はカタログ見る派です！」

商品カタログで確認するより前に茉白に値段を聞いた莉子は、悪びれずに言う。

茉白はあきれたように眉を下げて小さなため息をついたが、人懐っこい莉子はなんとなく憎めないかわいい後輩だ。

「じゃあ、シャルドンとの商談行ってきます！　十七時には戻るから」

そう言って茉白は会社を出て、営業先に向かった。

〝シャルドン〟とは正式名称『シャルドンエトワールグループ』。アパレルや雑貨の店舗を全国に展開し、自社ブランドも販売する大手企業だ。

（シャルドンの樫原(かしはら)さん辞めちゃったんだよね。新しい人とは今日が初めてだから緊張する。樫原さん、話しやすかったのにな）

多数の店舗を抱えるシャルドンのような会社では雑貨部門やコスメ部門などの商品

ジャンルごとに担当バイヤーが決まっていて、メーカーの担当者は自分の該当部門のバイヤーと商談をする。

雑貨部門の樫原バイヤーは、最近引き継ぎの挨拶もなく突然辞めてしまった。よほど急なことだったのか、今日のアポイントも後任の名前は教えられていない。

(どんな人だろう? 知ってる人かな。うちの商品の雰囲気が好きな人だといいな)

そんなことを考えながら本社ビルの一階で受付を済ませ、指定された商談ルームで待っていると、ドアをノックする音がした。入室してきた人物を見て茉白は目を丸くした。

(え⁉ なんでこの人が……)

現れたのは、シャルドンエトワールグループの専務であり社長の息子の雪村遙斗(ゆきむらはると)だった。

遙斗は二十代半ばからシャルドンの経営に関わっている。コスメやアパレルでヒット商品の企画に携わり、売上を伸ばして店舗数も拡大させた実力者だ。

(三十四歳にして、社長目前と言われてる人……)

「いつまでそうやって突っ立ってるんですか?」

遙斗に言われ、茉白はハッとした。

「す、すみません。はじめまして、株式会社ロスカの真嶋と申します。よろしくお願いします」

そう言って、茉白は急いで名刺を差し出した。

「シャルドンエトワールの雪村です」

「ちょうだいします」

茉白は遙斗の名刺を受け取ると、まじまじと見つめた。

（雑貨部門、エグゼクティブマネージャー）

そこに専務の肩書きはなく、どうやら雑貨バイヤーとしての名刺のようだ。

「どうぞ、おかけください」

「は、はいっ」

遙斗は背が高く、奥二重のアーモンドアイに鼻筋の通った、華やかで迫力すら感じる美形の顔立ちで、染めたのではなさそうなナチュラルな茶色味のある髪をしている。

そのビジュアルのせいか、雑誌やテレビの経済番組などで取り上げられることも多い有名人だ。

そんな人物が突然目の前に現れたので、茉白は幾分気後れしてしまっていた。

遙斗の一歩うしろには秘書らしき男性が立っているが、遙斗の圧倒的なオーラを前に、茉白はしばらくもうひとりの存在に気づかなかったくらいだ。

（さすがに仕立てのいいスーツ着てる。髪もサラサラ……生で見るとすごく迫力ある）

大きなガラス窓から差し込む陽光で、遙斗の髪がキラキラと輝いている。

「いつになったら商談が始まるんですか？」

座ってからしばらく遙斗に見入ってまた無言になっていた茉白に、遙斗が不機嫌そうな声を発した。

「あ！　す、すみません」

茉白は慌てて床に置いた営業用のキャリーケースからポーチのサンプルを取り出す。

「えっと……本日はメイクポーチの新商品のご紹介に伺いました。二タイプあって、それぞれ四色ずつの展開です」

パステルカラーのシェル形とバニティ形のポーチを商談テーブルに並べ、説明を始めた。

「女子の好きなパステルカラーで、今人気のクリームソーダをイメージした――」

茉白は遙斗の視線に緊張しながらも説明を続ける。

「前任の樫原さんにはラフの段階で一度お見せして、好評だったので、御社の店舗の雰囲気にも――」

「はぁっ」

茉白がそこまで説明すると、遙斗があきれたように大きなため息をついた。

「全っ然ダメだな」

吐き捨てるような遙斗の言葉に茉白は動揺した。

「え……」

「『女子の好きな』とか『今人気の』とか、耳障りのいい言葉を並べてそれっぽく見せているつもりでしょうけど、女性の〝どの層〟に人気で、ほかのモチーフに比べて今〝どれくらい〟人気があるのか、それがうちの雰囲気にどう合うのか、裏づけになる説明がなにもないですね」

遙斗の指摘に茉白はハッとした。

「その情報だけで仕入れるよう言われても、無理があると思いますが」

遙斗の声は乾いていてあきれていることを感じさせた。

（しまった）

茉白は今遙斗に言われたような内容は事前にきちんと調べていたし、データとして提出できるものも会社のサーバーには入っている。

前任の樫原バイヤーが感覚的なタイプで、商品サンプルだけを見て発注してくれていたので、シャルドンの商談に資料を持ってこないのが癖になっていた。

「あの……」

「ロスカさん。先ほどから私の顔をジロジロと見て〝なんで専務がここにいるんだ〟みたいな顔をされていますが、私がバイヤーになった理由は、御社のような適当な商談をするメーカーを排除して、不採算部門の雑貨を立て直すためです」

冷たい声色だった。

「え、排除って……」

「私も暇ではないので、中身のないくだらない商談をするメーカーには付き合っていられません。この商品を仕入れるわけにはいきませんから、どうぞお引き取りください」

遙斗が言い放つと同時に、商談に同席していたおそらく遙斗より少し年上の秘書らしき男が商談ルームのドアを開けてこちらを向く。

茉白は退室するしかないのか、と半ばあきらめて、商談テーブルを片づけるために立ち上がる。

（そんな……たしかに私が悪いけど……）

テーブルの上に並べたポーチを見ていた茉白の頭に、ロスカのデザイナーやほかの社員、取引先の縫製工場のスタッフの顔が浮かんだ。

「あの、待ってください！」

「まだなにか？」

部屋を出ようと立ち上がった遙斗は、先ほど挨拶をしたときよりずいぶん威圧的に感じる。

「し、資料は……」

「資料があるんですか？」

遙斗の問いに茉白は首を横に振った。すると、遙斗はまたため息をついた。

「では、商談は終わりでいいですね」

「先ほどご指摘いただいた点はリサーチ済みです。今手もとに資料はありませんが、会社に戻ればすぐにご用意できるので……もう一度商談のチャンスをください」

茉白は真剣な口ぶりで、遙斗の威圧感に負けまいと必死に食い下がった。

「話にならないな。今この場の、たった一回のチャンスを活かせない人間に付き合う気はありません」

とりつく島もないような発言だった。

「た、たしかに……今この場に資料がないのは私の落ち度です。樫原さんとの商談が馴れ合いだったことが、痛いほどわかりました」

そう言うと、茉白はシェル形のポーチを手に取った。

「今、手もとにご用意できる資料はこのポーチたちです」

「は？」

「弊社のポーチは日本製にこだわっていて、縫製にも布地の質にも自信があります。データは今ご用意できませんが、こちらに触れて、見ていただいて、もう一度商談のチャンスをいただけないか……ご判断ください」

茉白は遙斗にポーチを差し出すと、頭を下げた。

「目の前の商品くらい、見てあげてもいいんじゃないですか？」

口を開いたのは秘書の男で、それだけ言うと先ほど開けたドアを閉めた。

遙斗は恨めしそうに秘書の男を一瞥し、渋々ポーチを手に取る。

ファスナーを開き、中の縫製を確認すると「へぇ」と小さな声を漏らした。それから何度も確かめるようにファスナーを開閉する。

「米良、俺の明日のスケジュールってどうなってる？」

どうやら秘書の名前は米良と言うらしい。米良はすぐさまタブレットでスケジュールを確認した。

「明日は朝八時前が空いてますね。それ以降は商談と会議と移動で二十二時まで埋まっています」

（さすが……本当に忙しいんだ）

茉白は遙斗の多忙な一日を想像した。

「朝一か。ちょうどいいな」

遙斗が不敵な笑みを浮かべる。

「ロスカさん」

（あ、また社名で呼んだ……）

「はい」

「お望み通り、明日の朝に再商談の機会を設けますよ」

「え！　本当ですか？」

茉白の表情がパッと明るくなる。

「七時にもう一度ここで。きちんとした資料をご持参ください。まともな資料をご用意いただけなければ商談はしません」

遙斗は少し意地悪っぽい営業スマイルで言った。朝七時の商談というのはこの業界では通常考えられない早さだ。

「承知しました！　ありがとうございます！」

商談時間の早さをまったく意に介さないような茉白に、遙斗と米良の方が驚いた顔をした。

「では本日はここまでですね。また明日、ということで」

米良は落ち着いた笑顔と声色でそう言うと、再びドアを開ける。

茉白は急いで荷物を片づけ、今度は軽い足取りでドアに向かった。

「本日はありがとうございました！　明日またよろしくお願いします！」

ドアの外で深々と頭を下げた。

# 第二章　チクタク時計ワニ

　商談とは言えない商談を終えた茉白は、シャルドン本社を出るとすぐに会社に電話をかけた。

「あ！　莉子ちゃん？　私」

『あれ、茉白さん？　シャルドンの商談中じゃないんですか？』

　通常ならまだ商談中の時間だ。

「今日の商談は終わったの」

『え、もう？　早すぎないですか？』

「莉子ちゃんごめんね、今話してる時間がないの。ひとつお願い聞いてくれないかな」

　茉白は莉子に依頼事を伝えると、電話を切ってすばやくメールの文章を作成した。

（今日のお礼とお詫びと、明日のアポの確認……と）

　そうこうしているうちに莉子から添付ファイル付きのメールが届く。

　茉白はそのファイルと先ほど作成した文章で、遙斗の名刺に載っているアドレスにメールを送った。

会社に戻ると、茉白は今日の商談のことを莉子に話した。

「えー！　雪村遙斗⁉」

「フルネーム……」

莉子の反応に茉白は苦笑いしつつも、無理もないと思った。商談の席では茉白自身も、莉子以上に驚いたからだ。

遙斗の名前を聞いて、ほかの女性社員も集まってきた。

「イケメンでした？」

「なに話したんですか？」

「いい匂いしそ〜！」

莉子やほかの女性社員たちが矢継ぎ早に茉白に聞く。

「正直かなりのイケメンだったけど……ちょっと怖い人だったよ。笑顔なのに目が笑ってないっていうか」

「それはそれでかっこいいじゃないですか〜！　S系のイケメン！」

莉子の反応に、茉白はまた苦笑いを浮かべた。

「秘書の米良さんは優しそうで感じよかったかな。おかげで明日商談できることになったし」

「あー、たまに雪村専務と一緒に雑誌に出てる人！　あの人も素敵ですよね～！　イケメンふたりか～私も明日の商談ついていきたいなぁ」

莉子が本気とも冗談ともつかない発言をする。

「いいけど、朝七時開始だよ？」

「七時⁉」

莉子は遙斗のフルネームくらい大きな声で驚いてみせた。これが普通の反応だろう。

「なんでそんなに早いんですか⁉　茉白さん大丈夫ですか？」

莉子は茉白を心配そうな目で見た。

「忙しい人だからそこしか空いてないんだって。私は朝早いの慣れてるし、すぐにアポが取れてラッキーだったよ。リベンジだから資料しっかり確認しておかないと」

茉白はやはり商談時間をまったく気にしておらず、莉子やほかの社員が遙斗たちと同じ顔をした。

翌朝七時。シャルドンエトワール本社・商談ルーム。

昨日は商談ルームに入るまでに何人もの社員に挨拶をしたが、今朝のエントランスは人の気配がなくシンとしていた。薄暗い中待っていると、米良が茉白を迎えに来た。

「おはようございます。本日はお時間をいただきありがとうございます。よろしくお願いします」

商談ルームの窓の外の空も、まだ朝のぼんやりとした優しい光の色をしている。

茉白は深々とお辞儀をし、遙斗に促されて着席した。

「昨日ロスカさんにお送りいただいた資料にはひと通り目を通しました」

遙斗の口調は淡々としていて感情が読めない。

「ありがとうございます」

「商談後すぐにお送りいただいて。〝会社に資料がある〟というのは嘘ではなかったんですね」

「え？」

「その場しのぎの嘘でごまかして、会社に戻って急いで付け焼き刃の資料を作る営業マンを何人も見ているので」

遙斗は目の笑っていない笑顔を見せた。

（……私が朝一で資料作ってくるかどうか試した、ってことか）

茉白は早朝の商談の意味を察した。

「資料はよくまとまっていたし、おっしゃるようにポーチの品質も悪くないので仕入れを検討しますよ。では、今日はこれで」

「え？」

五分と経たないうちに立ち上がって商談を切り上げようとする遙斗に、茉白は思わず驚きの声をあげる。

「検討すると言っているんだから、もういいでしょう？　忙しいのでこの辺で」

「八時まで……」

「え？」

「昨日、米良さんは八時まで空いているとおっしゃいました。それに、〝検討〟では不安です」

茉白は遙斗を見すえて少し強い口調で食い下がった。脚は微かに震えている。

「フッ……くく……」

遙斗の隣からこらえた笑い声が漏れた。米良が肩を震わせている。

「朝一でも臆さなかっただけありますね。応じてあげたらいいんじゃないですか？　専務。八時までスケジュールは真っ白ですよ」

「米良。お前昨日から……」

遙斗は眉間にシワを寄せた。

「だいたいもう資料も読んだし、サンプルは昨日チェックしてるからもう聞くことがないだろ」

不機嫌そうな口調にはため息が交じる。

「私からはお伝えしたいことがたくさんあります！」

そう言って、茉白はバッグからすばやく資料を取り出して遙斗と米良に差し出した。

「昨日お送りしたものを見返したら、足りない部分も多くて」

茉白は説明を始めた。

雑誌やインターネットで調べたトレンドに関するデータや、ＳＮＳでさまざまなキーワードで検索した内容の分析、自社製品に対する意見、そしてシャルドンエトワールに関するデータなどをまとめてきた。

「よく調べてありますね」

感心する米良の隣で、遙斗は無言で資料を読み込んでいる。

「――こんな感じで、御社の客層とこのポーチのターゲット層がこの部分で重なるんです。ですので、ぜひ導入していただきたいです」

茉白は説明を終えた。

「その絵は？」

遙斗が茉白の手もとにある手描きのイラストについて質問した。

「あ、これは持ってくる予定ではなかったのですが紛れていたみたいで」

茉白はどこかバツが悪そうに説明する。

「私が描いたこのポーチのアイデアスケッチです……」

茉白が恥ずかしそうにスケッチを手渡すと、遙斗は米良にも見えるようにしながら、真剣な表情でじっくりとながめる。

「この絵……」

「は、はいっ」

「ド下手だな」

遙斗のあまりの言い草に茉白は一瞬ポカンとしたが、絵心がないことは自覚しているので返す言葉が見つからない。

「すみません。だから持ってくるつもりじゃなかったんですけど……」

茉白は資料の説明のときとは別人のようにモゴモゴと小さな声になる。

「でも熱意は伝わる」

「え？」

「絵が下手なぶん、説明の文章に熱を感じる。この時点でアイスクリーム形のミラーがついているとか、裏地がサクランボの柄とかポケットが何個あるとか、ディテールが決まっていて最終形に近いのがすごいな」

遙斗の口調は相変わらず淡々としているが、感心しているのがわかる。

「は、はい。ミラーと裏地はこだわりポイントで、バニティの方はフタにミラーがあるのでアイスの形のミラーはつけられないなって思って、でも開けたときに〝かわいい！〟って感じてほしくてサクランボの柄の生地にしたんです！　柄が入ってると汚れも目立ちにくいですし」

茉白がまた饒舌(じょうぜつ)になる。

「この絵ではまったくわからないが」

「う……なので、弊社の優秀なデザイナーと優秀な取引工場が私の頭の中を見事に具現化してくれたんです。みんなの腕が確かなのは私のこの絵が保証します」

米良は静かに笑っている。

「ふーん」

遙斗はなにかを考えるように、ポーチのサンプルとアイデアスケッチを再びじっくり眺めた。

「決めた」

遙斗が口を開いた。

「シェル形のグリーンとパープルを各千個、ピンクとブルーを各八百個、バニティは全カラー各七百個」

遙斗が言うと、米良が隣でタブレットに書き込んでいく。

茉白はキョトンとした表情で遙斗を見た。

「どうしました？　ボーッとして。注文すると言っているのですが」

「注文……？　ええ⁉」

驚く茉白に、遙斗はあきれた顔をする。

「なんなんですか、そんなに驚いて」

「だ、だってさっきは検討っておっしゃってたのに」

「検討では不安だと言っていませんでしたか？」

「は、はい。でも即断で……数もすごいのでびっくりして……。あの、ありがとうございます！」

茉白の心臓が緊張と驚きで速いリズムを刻む。

「正直なところ、昨日サンプルを見た段階で注文するつもりでしたが」

「え？」

遙斗の言葉に茉白がさらに驚く。

「中のパイピングは丁寧で、ファスナーも綺麗にまっすぐ縫われているし、金具のすべりもとてもいい。裏地の布にこだわっているのもわかりました。これはいい商品だと思いますよ」

「だったら昨日そうおっしゃっていただければ……」

茉白はおずおずと返す。

「とはいえ、昨日のような商談が問題外なのは本当のことですし」

(それはその通りだ)

茉白は心の中でまた反省した。

「朝七時にまともな資料持参で商談しに来る人間なんているのか、気になったので」

遙斗は意地悪っぽく笑った。

「……来ますよ。この下手な絵を形にするのにたくさんの人ががんばってくれたんですから」

茉白は試されたことに若干の不満をのぞかせる。

「それにしても昨日の今日、それもこんな早朝に、よくこれだけ資料を追加できましたね」

米良が口を挟む。

「はい、もともと調べなければと思っていた内容だったのと、調べものが好きなこともあって楽しくなってしまってほぼ徹夜で……」

茉白は気まずそうに笑った。

「なぜそこまでするんですか？　昨日の資料があれば私のオーダーには事足りたはずですが」

遙斗が聞いた。

先ほどまでは質問に即答していた茉白が、一瞬言葉を詰まらせる。

「あー……えっと、さっきもお伝えした通り、商品一つひとつにたくさんの人が関わってくれていますし……私は雑貨が大好きなので」

その言葉に嘘はなかったが、茉白の気持ちのすべてでもなかった。

「今回のポーチは仕入れますが、それはあくまで今回の話ですので。今回の商品の販売数は細かくチェックして各社比較します。それで売れ行きが悪ければ切っていくことになります」

「はい」

遙斗の言葉は冷たいようだがあたり前のことだ。

「うちでのロスカの過去の販売データを見ましたが、地味ながらも確実に売れていますね。ECサイトのレビューなんかで見たら固定のファンもいるようだし」

（〝地味〟が少し引っかかるけど、忙しいのに昨日あれから見てくれたんだ）

「プロモーションが下手なようだから、もっとSNSなんかも活用して商品のよさをアピールした方がいいんじゃないですか？」

「あ、SNSのアカウントはあるんですけど……」

「けど？」

「フォロワー数がひと桁なんです。もっぱら調べものに使っているだけで……」

茉白は恥ずかしそうに答えた。

「ないのと同じだな」

遙斗はまたあきれた顔をした。

「きちんと発信していけば、これからフォロワーも増えると思いますよ」

米良がすかさずフォローを入れる。

「ありがとうございます。がんばります！」

茉白が米良にニッコリ微笑むと、一瞬遙斗の目もとに苛立ちが浮かんだ。

「あの……本当にありがとうございます」

商談が終わりに差しかかり、茉白があらためてお礼の言葉を口にした。

「本当は昨日の商談で断られても仕方ないってわかっていました。雪村専務の……バイヤーさんの立場だったら数字がすべてなのはあたり前ですし。ですので、あらためてこんな機会をいただけて、注文まで——」

「なにか勘違いをされているようですが」

茉白のお礼の言葉にかぶせるように遙斗が口を開く。

「私は別に数字がすべてだと思っているわけではないですよ」

茉白は遙斗の顔を見た。

「このポーチみたいに質がよくても、スケッチや本人の弁に熱い想いが込められていても、それだけじゃ私が会社や店舗スタッフを納得させられない。裏づけのために数字やデータが必要だと思っているだけです。私だって熱意みたいなものは大事だと思っています」

遙斗は茉白の目をまっすぐ見て言った。

「ロスカさんの熱い想いがこの場をつくったんですよ」

米良が付け加えた。

「あ！」

茉白が思い出したような声を発したので、遥斗が怪訝な顔をする。

「なにか？」

「あの……私の名前は真嶋です」

そう言って、茉白は昨日も渡した名刺をまた遥斗に差し出した。

昨日名刺を交換しなかった米良にも渡す。

「マシママシロ？」

遥斗が初めて見るような顔で名刺を見た。

「はい」

（やっぱり全然覚えられてなかった。メールも送ったのに）

「なんかマシュマロみたいな名前だな」

遥斗がつぶやいた。

「あ、それうれしい方です」

「うれしい方？」

「よく〝にんにくマシマシ〟とか言われるので。マシュマロだったらかわいいからうれしいです」

「覚えやすい、いい名前ですね」

米良がにっこり微笑む。

「本当ですか？　母がつけてくれた大好きな名前なので、覚えてもらえたらうれしいです！」

茉白はまた、米良に笑顔を見せた。

「ところで、その絵はなんですか？」

米良が茉白の手もとの資料に描かれたラクガキについて質問すると、茉白はギクッとする。

その反応に、遙斗が興味を示した。

「なにそれ？　俺も気になる。虫？」

「虫……ではないです……」

茉白の言葉の歯切れが悪くなる。

「じゃあなに？」

「……ワニ……です」

茉白の言葉に、遙斗は思わず「ぷっ」と噴き出した。

「本当に下手だな」

「なんでワニなんですか？」

米良も笑いをこらえているのがわかる。

おかしそうなふたりの表情に、茉白は答えづらそうに黙ってしまった。

「なんなんだよ。黙られると余計気になる。商談中にラクガキなんて失礼なんだから理由くらいは言ってもらわないとな」

「ゆ、雪村専務を見てたら……ワニを思い出して……なにか商品にならないかな、と」

「は？　俺？」

茉白は気まずそうにコクッとうなずいた。

「笑ってるのに、目が笑ってなくてワニっぽい……です」

茉白は遠慮がちに小さな声で付け足す。

「プッ！　あはは」

今度は米良が声をあげて笑った。

「おい」

「似てる似てる！　ワニだな！」

「笑いすぎだ。だいたいワニってもっとかっこいいだろ。なんだよこれ」

遙斗は茉白が描いた、虫にしか見えないワニの絵をまじまじと眺めながら、眉間にシワを寄せた。

「しかもなんか持ってるな、こいつ。時計……？」

「時間に追われてお忙しそうなので、『ピーター・パン』のチクタク時計ワニかな……って」

チクタク時計ワニは『ピーター・パン』の物語に出てくるワニで、飲み込んだ時計の音が、お腹の中から〝チクタク〟と聞こえている。ピーター・パンの宿敵のフック船長を追いかけ回すことから、大人を追いかけ回す〝時間〟の象徴ともいわれている。

「誰のおかげで朝から忙しいと思ってるんだよ！」

「す、すみません～！　だから言いたくなかったんです……」

ふたりのやり取りに、米良はますます大きな声で笑っている。

（でも、昨日会ったときよりはワニみたいに怖くない……かも）

七時五十分。今度こそ商談が終了し、米良が茉白をドアのそばに誘導する。

「では、本日中に私から発注のメールを送ります。これ、私の名刺です」

「はい、よろしくお願いします。サンプルを一個ずつ置いていきますね。お手数ですが要返却でお願いします。あ、そうだ。これ……よかったら」

そう言って茉白がバッグから取り出したのは、蒸気が出るタイプの使い捨てアイマスク。

「今日は朝早くからお時間をいただきましてありがとうございました。今日これから二十二時までおふたりともご多忙だと思うので、移動のときにでもお使いください」

「自分が使った方がいいんじゃないか?」

「え」

茉白を見送ろうとドアのそばに立っていた遙斗が、茉白の顔を上から覗き込む。

「クマがひどい」

徹夜の影響がしっかり顔に出ているようだ。

(……そんな至近距離で見ないで)

遙斗の美しい顔面に圧倒され、思わず赤面してしまう。

「あ、あの、自分の分もあるので大丈夫です!」

「じゃあ、ありがたくちょうだいしますね」

「はい。えっと、今日は朝早くから――」

「さっき聞いた」

「そうでした、今後ともどうぞよろしくお願いします!」

そう言って茉白は昨日や今朝と同じように深々と頭を下げ、商談ルームを後にした。

＊＊＊

「おもしろい子だったな。茉白さん」

茉白がいなくなった途端、米良の口調がフランクに変わる。遙斗とは古くからの関係で、秘書として丁寧に接するのはふたりのほかに誰かがいるときだけのようだ。

「お前、下の名前で呼ぶなよ。トラブルのもとになるぞ」

遙斗の口調も砕けているが、どこか不機嫌そうだ。

「でもロスカの社長は彼女の父親らしいから、ロスカの真嶋はふたりいる」

「調べたのか？」

「まぁ秘書の役目として一応。株式会社 LOSKA、創業三十年で安定した業績を保っていたのが、この三年ほどで経営状況が悪化しているみたいだよ」

「へぇ。徹夜でがんばる本当の理由、か」

遙斗は茉白に渡されたアイマスクを見ながらつぶやいた。

# 第三章　ミッションと招待状

その日の午後、米良から茉白宛にポーチの発注メールが届いた。

「じゃーん！」

茉白が物流担当に渡すための発注書のプリントを、自慢げに莉子に見せる。

「えー！　すごい数！　朝七時からがんばったかいがありましたね！」

莉子の言葉に茉白はうれしそうにうなずく。

「今なら初回生産に上乗せできるから、生産コストも少し下がるかも」

茉白はそのプリントを持って今度は社長のデスクに向かった。

ロスカはオフィスビルの二フロアを借り、物流部兼倉庫として一階を、営業とデザイナー、事務などの社員が二階の部屋を使っている。なお二階に商談用の個室はあっても社長室はなく、ほかの社員と同じ空間で業務にあたっている。

「社長、おつかれさまです」

「おつかれさま。今朝の商談早かったみたいだけど、大丈夫なのか？」

茉白の父でもある社長の真嶋縞太郎が心配そうに尋ねる。縞太郎は営業部長も兼任している。

「はい。朝早いのは得意ですから。それよりこれ見てください」

茉白は発注書を縞太郎のデスクに置いた。

「今日のシャルドンの商談でポーチの大口受注取れたんですよ！　即決してくれて、もう発注書もいただきました」

「へえ、すごいじゃないか」

縞太郎は一瞬だけ明るい表情をしたが、すぐにもとの顔に戻ってしまった。

その顔を見て、茉白の明るかった表情も曇ってしまう。

「……これでちゃんとこの商品が売れたら、きっと業績も伸びていきますよ」

茉白はニコッと笑った。

「そうだね。茉白がいつもがんばってくれて感謝しているよ」

「うん……」

茉白は力のない顔で笑って、一階に行くために部屋を出た。

（お父さん、また白髪が増えた。昔みたいに笑ってくれないし……この発注書も本当に喜んでくれたのかどうか……まあ右肩下がりのこの業績だから、落ち込むのも仕方ないけど）

茉白は深いため息をつく。

(でも……業績より、お母さんがいなくなっちゃったのが一番こたえてるんだよね)

茉白の母は三年前に病で他界した。アパレルブランドで働いていた茉白の母は、茉白が小学校に上がる頃、社長業に忙しい父の分まで茉白の面倒を見たいと専業主婦になった。社員として直接ロスカに関わるようなことはなかったが、食事時などに父が相談すれば、商品や経営方針について客観的な立場から的確に意見をくれるような人だった。父とはずっと仲がよく、お互いを信頼しているのが茉白にも伝わっていた。

それだけに、妻を亡くしてからの縞太郎はどこか生気のない雰囲気で、仕事に対するモチベーションなども下がってしまった。

大学を卒業後ロスカに入社していた茉白は父の分までがんばろうと、営業だけでなく企画にも携わり、新規の取引先の開拓にも意欲的に取り組んできた。

それでも父の経験に比べてまだまだノウハウのない茉白では、業績の維持は難しい。

(これをきっかけに巻き返せるといいな)

『中のパイピングは丁寧で、ファスナーも綺麗にまっすぐ縫われているし、金具のすべりもとてもいい。裏地の布にこだわっているのもわかりました。これはいい商品だと思いますよ』

ふと、今朝の商談時の遙斗の言葉を思い出した。

雑貨バイヤーになったばかりのはずの遙斗だが、ポーチの大事なチェックポイントを押さえているようだった。色ごとの発注数も、茉白が売れ行きを予測したのとほとんど同じバランスだった。

（アパレル部門には詳しいはずだから、同じ布物のポーチも詳しかったのかな）

茉白は商談の様子をあらためて思い出す。

（忙しいのに、うちの会社の売上とか調べてくれたんだよね。もしかして取引先全部調べてるのかな……なんていうか……プロ意識の塊みたいな人なのかも）

『私だって熱意みたいなものは大事だと思っています』

遙斗が自分をまっすぐ見すえた真剣な目を思い出し、茉白の心臓がキュ……と小さな音を立てた。

『だいたいワニってもっとかっこいいだろ。なんだよこれ』

茉白は遙斗の不満気な言い方を思い出し「ちょっとかわいかったな」とクスッと笑みを浮かべた。

商談を終えてしまえば、雲の上の存在であるシャルドンの御曹司と話したということはどこか現実からは遠い出来事に感じる。次の商談の機会まで、しばらく会うこともないだろうと茉白は思った。

一週間後。

朝九時三十分、茉白のスマートフォンに知らない番号から着信があった。

「はい」

『真嶋茉白さん？』

電話に出た途端、フルネームを確認された。どこかで聞いたような声だ。

「そうですが……すみません、どちら様ですか？」

『雪村です』

予想外の名前に、茉白は一瞬ピンとこなかった。

「え……雪村専務⁉」

茉白の声に、同じフロアにいた社員たちが視線を集中させた。

「お、お世話になっております。あの、なにかありましたか？」

『急ぎで打ち合わせがしたいんですが、今日時間取れますか？』

「今日ですか？　少々お待ちください」

（急ぎ……？）

茉白は急いで手帳を開いてスケジュールを確認した。あいにく今日はほとんど埋まっている。

「えっと、十八時以降でもよろしければ伺えます」

『じゃ、十八時にこの間と同じ部屋で』

それだけ言うと、遥斗はあっさり電話を切ってしまった。

（このタイミングって、ポーチの発注数の見直しか……最悪キャンセル？　それとも、納品済みのほかの商品で不良品が出たとか？）

新商品の予定もないタイミングなので、悪いことばかりが茉白の頭に浮かぶ。

茉白は不安な気持ちのまま一日の仕事をこなした。


十八時、茉白は約束通り打ち合わせに訪れた。

「ＯＥＭ（オーイーエム）……ですか？」

「そう、ＯＥＭ」

驚く茉白に、遥斗が答える。

この場合のＯＥＭとは、ロスカがシャルドンのためだけのオリジナルデザインの商品を作って納品することだ。まとまった数の受注が期待でき、売上にはかなりプラスになる。

　茉白は突然の話にキョトンとしている。

「なにも説明していないんですか？」

　状況をのみ込めていない茉白の様子に驚いた米良が、遙斗に聞いた。

「だから今話している」

　遙斗の言葉に、米良はあきれを込めたため息をついた。

「やっぱり私が連絡すればよかったですね。真嶋さん、注文のキャンセルなんかを想像して不安だったんじゃないですか？」

　茉白は遠慮がちに小さくうなずく。

「でも、結果的に悪い話ではないようなので安心しました。まだよくわかってないですけど」

　遙斗は米良にかまわず説明を始めた。

「先週商談したポーチが店長会議で好評で――」

　店長会議というのは、シャルドンが展開する主要な雑貨店の店長が本社に集まり、業績報告や今後の商品展開について話し合う会議のことだ。

　そこで茉白が先週預けていったポーチのサンプルを、店長たちが確認したらしい。

「あのポーチと同じシリーズで、もう少し商品を展開してほしいという声があった」

「好評でよかったです」

茉白はホッと胸をなで下ろす。

「ああ。デザイン面に加えて、クオリティが高くて日本製なのもうれしいという声が多かった。それで、今から企画してポーチと同じ納期で納品できる商品を考えてほしい」

ありがたい話ではあるが、急な話に茉白の頭はまだ驚いたままだった。

「やっぱり事前にメールなりで詳細を伝えてから来てもらった方がよかったんじゃないですか？　準備なく来ていただいても具体的な話ができなくて二度手間になってしまいましたよね」

米良が茉白を気遣って聞いた。

「えっと……」

茉白はバッグからノートパソコンとロスカの商品カタログ、クロッキー帳、そしてペンケースを取り出す。

「今お聞きした内容で、だいたい作れるものが絞れたので説明させていただきますね」

米良の予想に反して茉白は具体的な話につながる説明を始めた。

「ポーチの納期まで二カ月弱なので、企画から製造までするとなると時間が限られます。好評だったポイントもクオリティとか日本製という意見が多かったようなので、やり取りや輸送に時間のかかる海外製ではなく日本製の商品に絞ります」

茉白はカタログを開く。

「日本で作れて、OEMだから生産ロットも抑えめ……だと、このコンパクトミラーなんかも作れるんですけど、今回はポーチにミラーがついているので一緒に買ってもらいにくいかな、と思います。なのでおすすめはハンカチですね。綿のサラッとしたものと、タオルタイプのもの、どちらも日本で作れますし、ポーチとの相性もいいと思います」

茉白はカタログを指さしながら説明した。

「へぇ」

茉白は今度はクロッキー帳を開いて、まず四角を描く。

まっすぐ描いたつもりが、ゆがんでいる。

「あれ？　まぁいいや。タオルタイプの方はフチどりのところの色……メローっていうんですけど、ここの色もデザインごとに二色の組み合わせで変えられます」

茉白はペンケースから小さな色鉛筆セットを取り出して色を塗り始めた。

「たとえば綿の方はソーダっぽいグラデーションカラーの生地にクリームソーダの刺繍を入れて……タオルタイプの方は白い生地にワンポイント刺繍で、裏はサクランボ柄のガーゼ生地にして……」

楽しそうに絵をどんどん描き進めるのを見て、遙斗も思わず口もとを緩める。

「たとえばこんな感じでどうですか？」

茉白はふたりにアイデアスケッチを見せた。

ふたりはあぜんとした表情で固まっている。

「え？」

ふたりが言葉を発しないので、茉白はまたキョトンとした顔になった。

「おい……」

遙斗が声を発した隣で米良は肩を震わせている。

「絵が下手すぎて話が頭に入ってこないだろ！」

「え？」

「ハンカチが下手ってなんなんだよ」

「すみません！」

遙斗は怒りながらも笑っている。

それから茉白は、遙斗の指示を受けながら口で言っていたイメージを文章でスケッチに書き込んだ。

「うん、なんとなくわかった。ハンカチでいこう。各五百枚で、それぞれのタイプを四色ずつ作った場合と二色ずつ作った場合の見積もりを出してほしい」

「はい」

「あとは、もっとマシなデザインラフをデザイナーに描いてもらって」

遙斗は茉白の絵の話をするたびに少し口もとが緩んでしまう。

「はい……」

茉白は恥ずかしいと赤面しつつも、遙斗が笑うのが少しうれしいと感じる。

「会議では、食品を入れられるジッパーバッグなんかも欲しいという声がありました」

米良が言った。

「ジッパーバッグはたしかにデザインにも合っていていいんですけど、生産ロットが大きいんです。なので厳しいかもしれませんが、念のため最少ロットで見積もりお出ししましょうか？」

茉白は即座に答えた。

「ではお願いします」

米良は感心した表情をした。

十九時三十分。

「思いのほか長くなって悪かった」

帰り際、人の少なくなったシャルドン本社の裏口へと遙斗に誘導される。外はもうすっかり暗くなっている。

「いえいえ。ありがたいお話だったので」

茉白が手のジェスチャーをつけて恐縮気味に否定する。

「具体的な話も進められて助かりました」

米良は無事に企画が進み、ホッとしているようだ。

「では本日はこれで――」

茉白がお辞儀をして帰ろうとしたタイミングで「ぐぅ」と盛大におなかが鳴った。

「す、すみません！　緊張してお昼も食べてなかったので」

茉白は顔を熱くする。

「この後空いてるなら食事でも？」

遙斗がおかしそうに笑いながら提案する。

「え？　えっとそんな、大丈夫です、どこかでテキトーに食べて帰るので」

「適当に食べるなら、我々がご一緒してもいいんじゃないですか？」

米良が言った。

「でも……」

「俺の電話の仕方が悪くて緊張させたみたいだし、取引先との会食も営業の仕事だろ」

「……はい」

茉白は緊張気味に同意した。

米良の運転する高級車で連れてこられたのは、ごくごく庶民的な雰囲気の居酒屋の個室だった。

部屋の外からは乾杯のグラスがぶつかる音やガヤガヤとした宴会の声、接客をする店員の声が聞こえてくる。

「こういうお店とか来るんですね」

茉白が意外そうにつぶやいた。

「なに？　高級フレンチでも行くと思った？」

遙斗が笑いながら返す。

「いえ、そういうわけではないんですけど……いや、あるかな……なんていうか、おふたりの高そうなスーツとのギャップがすごいなと、思ったんですけど……私はそもそも高級店に行ける服装ではないので……こういう方が落ち着きます」

(っていってもこのふたりと一緒だと全然落ち着かないけど)

茉白は気を落ち着かせようと、ビールを口に運んだ。

「立場上、高い店にもよく行くけど、米良とふたりのときはカジュアルな店が多い。俺も普通に、こういうところの方が落ち着く」

「私は専務と違って庶民ですしね」

米良がにっこり笑う。

「サラッと嘘つくなよ。いつもいつも胡散(うさん)くさい笑顔振りまきやがって」

(嘘なんだ)

茉白はどう反応すればいいのかわからず戸惑う。

「おふたりは仲がよさそうですが……」

「高校大学の先輩後輩。米良が俺の一個下」

遙斗が茉白の疑問を察して答えた。

「えっ！」

茉白が驚いた声を出す。

「米良さんの方が年上かと思ってました」

「遙斗は年のわりに子どもっぽいからね」

「米良はオッサンくさくて老け顔だからな」

言われ慣れているのか、ふたりの声が重なった。

「ふふっ」

茉白が思わず笑ってしまったのを見て、遙斗は少しホッとしたような表情で小さく笑う。

「先週の朝七時からの商談の日、徹夜だって言ってましたけど、あの後の仕事は大丈夫でしたか？」

米良が遙斗への嫌みも込めたような口ぶりで聞いてくる。

彼は料理が運ばれてくるたびすぐに三人の皿に的確に取り分け、今も手を動かしながら話している。

「徹夜はさすがにこたえたのでちょっと仮眠を取りました。でもほぼ毎朝七時前には出勤してるので、朝の商談自体は全然大丈夫でした」

「毎朝？　退勤時間は？」

遙斗が驚いたような表情で尋ねる。

「退勤は……いつもだいたい二十一時過ぎてますね」

茉白はバツが悪そうに苦笑いで答えた。

「あ、でも雪村専務も八時から二十二時まで働いてるから同じじゃないですか？　それに付き合う米良さんも」

「俺たちは別に毎日じゃない」

「まあ、夜は会食が多くて実質仕事みたいなものですけどね」

「そうなんですか」

シャルドンの後継者である遙斗はさすがに暇なはずがない、と茉白は納得した。仕事絡みの会食などは遙斗にとっては忙しいとも感じない、あたり前のことなのだと感心した。

「そういう働き方をしていると、いつか体を壊して倒れるぞ」

遙斗が忠告するように言う。

「でも……」

今は人並み以上に働かなければいけないという気持ちでいる。

「社長の娘だからって、自分だけが必死になる必要はないんじゃないか」

「え……」

茉白は父がロスカの社長だということを、遙斗と米良はもちろん、前任の樫原にも言ったことがなかった。

「ご存じだったんですか」

遙斗の言葉から、悪化している経営状況も把握されていることがうかがえた。

「取引先の状況を調べておくのも仕事なので」

米良が冷静にフォローを入れた。

「じゃあ……」

茉白の頭に、先ほどの商談のことがよぎる。

「さっきの……ＯＥＭの話って、もしかして同情でくださったお仕事ですか……？」

茉白の声が情けなさで微かに震えた。

遙斗は少し黙ってから口を開く。

「だったら？」

「え……」

「同情でもらった仕事だったらなにが悪い？」

「そんなの情けなくて……メーカーとしてのプライドが……」

茉白の声が震える。

「くだらないな。無駄なプライドだ」

遙斗に吐き捨てるように言われ、茉白は言葉が出てこない。

「ひとりで朝から晩まで毎日必死になってやってる仕事より、同情で勝ち取った仕事の方がよっぽど効率よく金になって会社のためだろ」

「でも……」

「メーカーとしてのプライドがあるっていうなら、同情で勝ち取った仕事で最高の結果を出して次につなげろ。営業としてプライドがあるなら、使えるものはなんでも使うんだよ。俺は、プライドっていうのはそういうものだと思ってる」

茉白はなにも言えなくなってしまった。

「だいたい」

遙斗が続ける。

「うちは同情で仕入れるほど適当な商品選びはしてない」

遙斗はどこかがっかりしたようにため息をついた。

「あ……失礼なことを言ってしまって……申し訳ありません」

茉白は頭を下げた。

（私バカだ……OEMの話もなくなるかも）

「はぁ」という遙斗のため息が聞こえた。

「別に、朝から晩まで仕事をしてきたことを否定するわけじゃない。先週の資料も、今日の商談での商品説明の詳しさも、真嶋さんが必死に働いて勉強して努力して得たものだってわかる。真剣だって伝わったし、その年齢でそこまでの知識量がある人間はそういないだろうと思う。だからこそ、ここから先は自信を持ってもっと効率を考えて働いた方がいい。会社を継ぐつもりなら尚さらな」

「朝七時に呼び出すやつに言われたくないけどな」

米良がすかさず皮肉を言う。

「あのときはなにも知らなかったんだからしょうがないだろ」

遙斗が気まずそうな言葉を漏らす。

「真嶋さん、顔を上げてください」

米良が言ったが、茉白はなかなか顔を上げられない。

「別に怒ってないから」

遙斗も声をかける。

「いえ……あの……すみません、涙が出てしまって……顔が上げられないんです」

「おい、遙斗のせいだぞ」

米良に責めるように言われた遙斗は「俺は別に……」と若干の焦りを声に滲ませる。

茉白は仕方なく涙を頬に伝わせたまま顔を上げた。

「雪村専務がおっしゃった通り……ずっと必死だったんです。でも成長できてるのかどうか、自分では全然わからなくて……評価してもらえたのって初めてで、自信持っていいんだって……すみません」

遙斗がハンカチを差し出した。

「結局俺のせいってことだよな」

遙斗は眉を下げて困ったように笑った。


「そういえば」

茉白がようやく落ち着きを取り戻し、届いたばかりのだし巻き卵をホッとしたように堪能していると、遙斗が切り出す。

「あのワニどうなった？」

「ワニ……って、ラクガキの、ですか？」

急にラクガキの話が出て、というより遙斗があのワニを覚えていたことに茉白は驚いた。

「ああ。なにか商品にならないかって言ってただろ？」

「え⁉　嫌がってませんでした？」

「なんだよ、なにも考えてなかったのか」

遙斗が拗ねたようにつぶやくと、米良が「くっく……」とこらえるように笑う。

「考えていいなら、考えます」

「俺をモデルにしたんだから、売れるもの考えろよ」

「え……」

茉白は眉を八の字にして困ったような顔をした。

「どういう反応だ、それは」

食事が終わり、茉白はふたりに家まで送り届けられた。

「送っていただいてありがとうございます。ごちそうさまでした」

居酒屋で茉白は自分の分を払おうとしたが、当然、茉白にわからないタイミングで米良が支払いを済ませていた。

「あの……今日は失礼なことを言ってしまったり泣いてしまったり、申し訳ありませんでした」

　車を降りた茉白は遙斗に謝罪する。

「ハンカチの企画をちゃんと成功させたら許してやる」

「茉白さんなら大丈夫ですよね」

　米良が優しい口調でフォローを入れる。

「おい、下の名前はやめろって言っただろ。今どきセクハラになるぞ」

　遙斗が不機嫌そうに注意する。

「あの、大丈夫です」

　茉白は若干の不穏な空気に、米良をフォローしようと口を開いた。

「マシマもマシロもたいして変わらないし、私自身は下の名前の方が好きなので。父の会社に勤めていると知っている方はみんな下の名前で呼びますし」

「ほら、本人がこう言ってる」

「……ならいいけど」

　遙斗はまだ不機嫌そうだ。

「あ、今日もお忙しかったと思うので、よかったらまたアイマスクいりますか？」

「飴くれるオバさんみたいだな」

「完全にセクハラですね。怒っていいですよ」

米良はあきれ顔だ。

「実は遙斗も私もあのアイマスクが気に入って、あれから購入して使ってます」

「え、そうなんですか？　なんかうれしいです！」

茉白が米良に明るい笑顔を見せたのを見て、遙斗はまた少し不機嫌になったようだ。

「今日は本当にありがとうございました。ＯＥＭがんばるので、よろしくお願いします。おやすみなさい」

「しっかり休めよ。おやすみ」

＊＊＊

「なんでそんなに機嫌悪そうなわけ？」

茉白を降ろした車の中で、米良が後部座席の遙斗に声をかけた。

「別に」

遙斗は頬杖をついて窓の外を眺めている。

「そんな顔するなら遙斗も名前で呼べばよかっただろ？」

「俺は別に……」

「ふーん。でも遙斗があんなふうに他人を褒めるのは珍しいよな」

「俺は本当のことしか言わない」

ついさっき、本音を隠したように『別に』と返した遙斗の言葉に、米良は苦笑いを浮かべた。

「二十代であれだけできる後継者がいれば、ロスカは持ち直すんじゃない？」

「だといいけど。経営って不測の事態が起こりまくるからな」

遙斗は自分の経験を思い出すようにつぶやいた。

「そのときは力になってあげたらいいだろ？」

無言になる遙斗に、米良はまた苦笑いをした。

＊＊＊

（信じられないことがいっぱいの一日だった）

シャワーを済ませた茉白は、ベッドの中で今日一日のことを思い出していた。

ＯＥＭの依頼も、遙斗と米良と居酒屋で食事をしたことも、遙斗からの電話を受けたときには想像していなかった。

泣いてしまったことと、遙斗に慰められたことも思い出す。

(雪村専務って言葉は厳しいけど、なんていうか……まっすぐで優しい人って気がする。ハンカチも貸してくれ――)

「あ!」

(ハンカチ借してもらったんだった! 洗濯しなくちゃ)

茉白は起き上がり、急いで洗濯機を回した。

「高そうなハンカチだから丁寧にアイロンかけなくちゃ」

茉白はひとりごちる。

(それにワニ、覚えててくれたし、商品になるのを楽しみにしてたなんて思わなかった。あれが一番びっくりした!)

回る洗濯機を見つめながら、茉白はまた「ふふっ」と思い出し笑いをした。

(どういう商品がいいんだろう? せっかくだから雪村専務も使えるようなものがいいな。ポーチじゃないし、ネクタイはうちの商品っていう感じでもないし……)

茉白の頭にはあれこれワニの商品企画が浮かんでは消え、また思い浮かぶ。

(しっかり休めって言われたけど、眠れないかも)

翌日。

「シャルドンのOEMですか？　すごいですね！　さっすが茉白さん」

会社で莉子が驚いた表情を見せた。

「違うよ、みんなが私の下手な絵をクオリティの高い商品にしてくれたのが評価されたの。莉子ちゃんにはトレンドカラーのアドバイスもらったよね」

茉白は莉子やデザイナーを前に笑みを浮かべる。

「ていうか茉白さん、この絵で雪村専務と話したんですか？」

茉白のハンカチの絵を見て、デザイナーの佐藤は信じられないとでも言いたげな表情だ。

佐藤は茉白の一つ下でデザイナー歴は五年。美術系の大学を出てからすぐにロスカに入社した彼女は、今では雑貨デザインに精通した頼れる存在だ。

「……です」

茉白は佐藤の言いたいことがわかって恥ずかしくなって肩をすくめる。

「よくこれで決めてくれましたね。いや、ある意味アートで私は好きですけど。ハンカチの四角がゆがんでるって斬新ですね」

「もう言わないで〜！」

　茉白が泣きそうな声で言うと、莉子も佐藤も笑った。

「じゃあ、これをいつもみたいにちゃんとしたラフに仕上げますね！　茉白さんのスケッチは説明が明確でわかりやすいから、実はラフにしやすいんですよ」

　佐藤はやる気のみなぎった表情でラフをファイルにしまった。

「お願いします」

（みんないい人たちで、ロスカは社員に恵まれてる。このメンバーならきっと大丈夫）

　それから何度かロスカ社内や遥斗たち、そして縫製工場と打ち合わせを重ね、ハンカチも無事に形になった。

　ＯＥＭの受注から二カ月弱が経ったこの日、茉白は朝からポーチとハンカチの納品の立ち会いのため、シャルドン本社のほど近くにある倉庫を訪れた。

「茉白さんがわざわざ来てくれたんですね」

「米良さん！　こんにちは」

　商品の段ボールの数を数える茉白に米良が話しかけてきた。

「数が多いし、ＯＥＭのハンカチもあるので自分で見届けておきたくて。米良さんこそわざわ見に来てくれたんですか?」

茉白は笑顔で尋ねる。

「遙斗も会えればよかったんですけど、あいにく社長と打ち合わせ中で」

「そんな、お忙しいのに弊社なんかに……大丈夫です!」

(社長さん……雪村専務のお父さん。雲の上のさらに上の人)

茉白は社長を想像して、天秤にかけられる相手ではないと恐縮した。

「ジッパーバッグも作れたらよかったんですけど、やっぱりロットが大きかったですね」

「そうですね、茉白さんの言う通りでした。さすがですね。ところで」

「はい?」

「SNSの方の調子はどうですか?」

米良の言葉に茉白はギクッとする。

「私、ああいうの向いてないみたいで……」

その日の午後。茉白のスマホが着信した。

【雪村遙斗】と表示されている。

彼からは何度か仕事の要件のみのあっさりとした電話がきたことがあるが、茉白はそのたびに緊張していた。

「はい……」

『雪村です』

「は、はい……お世話になっております」

『うちの倉庫に納品に来てたって、米良に聞いた。わざわざどうもありがとう』

「い、いえ、そんなお礼を言われるようなことでは」

茉白はまた恐縮する。

『ところで真嶋さん』

「はい」

『SNS、甘く見すぎじゃないか？』

遙斗の口調が少し強くなる。

「はい？」

『あれから二カ月経ってるのに、フォロワー五人ってどういうこと』

遙斗が言っているのは、茉白がSNSをがんばると宣言した朝七時の商談の日のことだ。

「……米良さんにも言いましたけど、私こういうの向いてないみたいで」

茉白は目の前のパソコンで自社のSNSアカウント画面を表示させた。

「あ！　五人じゃないですよ、六人です！」

『五人も六人も変わらないだろ』

遙斗がため息交じりのあきれた声で言う。

「全然違いますよ、二十パーセント増です！」

茉白は冗談交じりに返したつもりだったが、遙斗が黙ってしまったことからあきれられているのを察した。

「……すみません」

『二週間後』

「え？」

『二週間後にうちのアカウントで、今日入荷したロスカの商品を紹介する予定になってる』

「わ、ありがとうございます！」

『タグ付けもするから、そのリンク先がフォロワーひと桁だとうちが恥ずかしい』

「そうですよね……」

『だから二週間でマシなアカウントにしろ』

「え！　無理です！」

茉白の声色に焦りが混ざる。

『ちょっと見ただけでも改善できそうな点がいくつもあった。写真が暗い、文章が堅い、ハッシュタグの使い方が下手』

「だから、センスがないんです！」

茉白は遙斗がダメな点を列挙するのに耐えられず、思わず遙斗の言葉にかぶせた。

『自分でやろうとするからだろ？　雑貨メーカーなんだから、そういうのが得意な社員もいるんじゃないのか。自分ひとりで抱え込まない、使えるものはなんでも使う。真嶋さんの課題だな』

反論の余地もない指摘だった。

『この後うちのSNS担当から、御社のデザイナーにこの件でロゴの手配依頼がいくから。そこについてる画像も参考にするといい』

それだけ言って、遙斗は電話を切った。

「え！　うちってSNSアカウントあったんですか⁉」

遙斗の指摘を受けた茉白が莉子に相談すると、莉子は驚いてみせた。

「一応ね」

恥ずかしがる茉白を尻目に、莉子はすばやくスマホを操作してロスカのアカウントを開いた。

「あー」

そして残念なものを見てしまったような顔をする。

「莉子ちゃん、その反応……」

「ごめんなさ〜い！」

莉子は「てへ」と笑った。

「よかったら私が担当しましょうか？」

「そうしてくれたらうれしいんだけど、私もちょっと勉強したいなって思ってるの」

「了解です！　じゃあ私のスマホと茉白さんのスマホ、両方で使えるようにしましょう。ビシビシ指導しますよ！」

莉子は笑顔で言った。

「二週間しかないから、とにかく毎日何回も投稿しましょう」

「う、うん」

「申し訳ないですけど、古い投稿はいったん削除してオシャレ投稿で埋め尽くした方がいい気がします」

「う、うん、それで全然かまわないよ……ところで莉子ちゃん、タグ付けってなに?」

「……二週間がんばりましょうね！　まず茉白さんはスマホに写真加工用のアプリを入れて――」

莉子のレクチャーが始まった。

「写真はとにかく明るさが命です。あとは背景にかわいい柄の紙とか布をひいて――」

茉白の想像以上に、莉子はＳＮＳが好きなようだ。

「茉白さんはテンション高めな文章とか苦手そうだから、例えば花柄の傘の紹介だったら、文章なしでお花の絵文字に〝#傘〟〝#花柄大好き〟とかだけで全然オッケーです」

莉子のレクチャーはどんどん進んでいく。茉白はただただ感心してついていくのがやっとだった。

「すごい莉子ちゃん！　三日でフォロワー五十人になったよ！　コメント書いてくれる人もいる！」

茉白は日に日にフォロワーが増えることにうれしさを隠せない。

「まだまだですよ～！　雑貨好きなインフルエンサーはどんどんフォローしてください。あとはうちの商品を使ってくれてる人がいたら積極的に〝いいね〟してください。私も移動時間とかにチェックしますね！」

「う、うん！」

「あとは、フォロワー百人くらいになったらプレゼント企画でライト層のフォロワーを増やしましょう！」

「莉子先生……」

莉子のおかげで、二週間が経つ頃にはフォロワーが七百人を超えていた。

「あ、また」

スマホを見ていた莉子がつぶやく。

「どうしたの？」

「うちのアカウントが投稿するたびに、〝クロ〟っていう人がリアクションしてくれるんです」

「それって特別なことなの？　何百人もフォロワーがいたらたくさんリアクションが

ありそうだけど」

茉白にはイマイチわからないが、莉子が言うにはマメに反応してくれるフォロワーというのは貴重らしく、クロさんのような人は本当に珍しいそうだ。

莉子が画面を茉白に見せた。

「あれ、このアイコン……たしかその人、フォロワーひと桁のときからいるよ」

たったの六人だったフォロワーの名前とアイコンはなんとなく覚えている。

「最近できたアカウントみたいですね。プロフィールは全然書かないタイプか」

莉子はクロさんのプロフィール画面に移動してつぶやいた。

「ほかのアカウントはあんまりフォローしてないみたいです。うちの社員の知り合いだったりして？　もしかして茉白さんの知り合い？」

「えー？　全然心あたりないな」

（クロ……黒？）

「えっ！」

莉子が今度はひと際大きな驚きの声をあげた。

「今度はどうしたの？」

「見てください！　〝レダさん〞がうちの投稿に反応してくれてます！」

「れださん？　それってすごいの？」

興奮する莉子とは対照的に、茉白はピンとこないという顔で聞く。

「もー！　なに言ってるんですかー！　フォロワー五万人超の雑貨マニアのインフルエンサーですよ〜！」

「へぇ」

「も〜！　茉白さん絶対わかってないですよね！　これでまたフォロワー増えますよ！　ほら、通知がたくさん！」

莉子はよくわかっていない茉白に歯がゆそうな顔をする。

「莉子ちゃんが詳しすぎるのよ」

「あ、もうお昼！　私そろそろ出ないと」

スマホの時刻表示を見た莉子が営業用の荷物を手に取った。

「私今日はスワンさんの日なので」

「直帰ね。了解」

〝スワンさん〟というのは『スワン用品店』という、取引先の小さな雑貨店だ。

おばあさんがひとりで店番をしているような昔ながらの雰囲気だが、品揃えのセンスにはこだわりを感じられるオシャレな店だ。

莉子が営業を担当する客先で、月に一度訪問しているが、郊外にあるため片道一時間半かかる。

「あそこのおばあちゃん、かわいいんですよね~。うちの商品は〝ハイカラ〟なんだって。いまだにFAX注文か直接注文取りに行くかってのがアナログですけど、直接行って話してると超癒やされます」

莉子の顔はニコニコしている。

「うちの商品以外の品揃えも何気にセンスよくて、行くとついついいろいろ買っちゃうし~。で、ついつい話し込んじゃって……」

「毎回直帰なんだよね。ちゃんと受注できてるから大丈夫だよ。いってらっしゃい!」

莉子を送り出した茉白は自分も仕事に戻ろうとデスクに向かう。

今日は遙斗が予告していた通り、シャルドンのSNSアカウントでもロスカの商品が紹介された。おかげでフォロワーは少し増え、シャルドン以外の店舗からもすぐに問い合わせがあった。

一般のユーザーの〝かわいい〟や〝絶対買う!〟というコメントを見られたのもうれしい。

（すごい拡散力……）

茉白は遙斗にお礼の電話をかけることにした。

しかし、これまで茉白から遙斗に電話をかけたことは一度もないため、スマホを前になかなか電話をかけられない。

(忙しい人だし雲の上だし……でも)

茉白が思いきって電話のボタンを押そうとした瞬間、画面表示が切り替わり着信を知らせる。

表示された名前を見て、茉白は慌てて通話ボタンを押した。

「あ、あの！　すみません真嶋茉白です」

『こちらからかけているので存じ上げていますが』

「すみません……今ちょうど私から電話しようと思っていたところだったので」

『それにしてもフルネームって』

電話の向こうの遙斗の声からはほんの少しのあきれと、おかしそうにしている様子が伝わってきた。

『たぶんこちらの用件と同じだと思うんだけど、SNSの件？』

「はい。御社のSNSの投稿、見ました。とっても素敵に紹介していただいて、おかげでフォロワーもまた少し増えて早速店舗からの問い合わせもありました。ありがとうございます」

茉白は明るい声でお礼を伝えた。

『御社のアカウントも見た。すごいな、二週間でしっかりフォロワーが増えてる』

「はい。後輩の力を借りてがんばりました。もう悪いところを列挙されるようなアカウントではないと思います」

茉白は先日の遙斗の電話に少しだけ反撃するように言った。それを聞いた遙斗は電話口で笑いをこらえているようだ。

『そうだな。俺の負け』

いつになく柔和な声色だったので、茉白は耳が熱くなってしまった。

『ところで真嶋さん、今会社にいるのかな』

「はい」

『じゃあちょっと出てこられない？　今御社の近くまで来てるんだ』

まさかの状況に、茉白の胸が一気にリズムを速める。

(美容院、行っておけばよかった)

茉白が会社を出て少し歩いたところ、見慣れた雑居ビルの立ち並ぶ風景の中に、威厳と気品を身に纏（まと）った遙斗が佇（たたず）んでいる。

「たまたま近くで商談があったんだ」

「米良さん抜きでですか？」

　茉白は不思議そうに尋ねた。

「案外鋭いな。本当は真嶋さんに直接お礼が言いたくて来た」

「そんな、私が外回りだったらどうしたんですか？」

「SNSのことがあったから、なんとなくこういう日は内勤にしていそうだと思った。勘があたった」

　遙斗はイタズラっぽさの中に照れくささを感じさせるような無邪気な顔で笑った。

　その表情に茉白はキュンとしてしまう。

「よかったら、お礼にランチデートでも」

「デート⁉」

　遙斗の言葉がどこまで真剣なのか表情からはまったくわからない。茉白はきっとからかわれているだけだ、とデートの誘いにのることにした。

　茉白の職場の近くだが、遙斗がたまに行くという三つ星の隠れ家ビストロに案内された。

「会社の近くにこんなに素敵なお店があるなんて知らなかったです」

「この辺りは案外この手の店が多い。ウェブにも掲載されていないような店」

「そうだったんだ」

　茉白は遙斗の詳しさに、感心したようにつぶやく。

「ほかの店もそのうち教える」

〝そのうち〟という言葉に、茉白はますます遙斗の真意がわからない。

（こんなことが何度もあるなんて思えないけど）

　少しだけ期待して、茉白の胸がトクンと音を立てる。

「パスタにしようかと思ってたけど、今日は冷製か」

　遙斗が残念そうにつぶやいた。

「冷製パスタ、お嫌いなんですか？」

「いや、生のトマトがダメなんだ」

　遙斗の言葉に、茉白は一瞬ポカンとした。

「なに」

「雪村専務にも苦手なものがあるんだってびっくりしてしまって」

「誰だって嫌いな食べ物くらいあるだろ」

そう言った遙斗は照れくささをごまかすようにメニューに見入る。それを見た茉白はまた「ふふっ」と笑った。

「雪村専務って案外かわいいんですね」

「なんか余計にトマトが嫌いになった」

遙斗は茉白に弱みを見せたことを恥ずかしいと思っているようだが、茉白はまた遙斗が近い存在になったようでうれしかった。

「ちなみに私は梅干しが苦手です」

「じゃあ次は和食だな」

その後も茉白は普段の商談よりもリラックスして食事を楽しんだ。


「ごちそうさまでした。本当はこちらがお礼をしたいくらいなのに。それにわざわざ来ていただいて」

店を出たところで茉白はお礼の言葉を口にした。

「不意打ちの方が普段の真嶋さんを見られる気がしたから」

遙斗がどういうつもりで言っているのかはわからないが、この街にわざわざ来てくれたのは事実だ。

「いつもの商談と、なにか違いましたか?」

茉白はドキドキしながら聞いてみる。

「普段より服がカジュアル、メイクもあっさり」

「え?」

茉白は思わず両手で顔を覆った。

「なんで隠す?」

遙斗は茉白の手首を掴んで顔から離した。遙斗に触れられた手首の熱と、至近距離からのまなざしに、茉白の全身が熱を帯びる。

「ナチュラルで素敵だと思うよ。もちろんいつもが悪いわけじゃないけど」

嘘でも冗談でもなさそうな遙斗の言葉に、茉白はますます鼓動を速める。

「あの、そろそろ昼休みが終わってしまうので……」

心臓がこれ以上この状況に耐えられない気がして、離れる口実を探した。

「そうだ、大事な用件を忘れるところだった。これを渡すのがメインだった」

遙斗は手を離すと、ジャケットの内ポケットからなにかを取り出して茉白に差し出す。それは招待状のような封筒だった。

「OEMとSNSをがんばってくれたお礼に、パーティーに招待したい」

「パーティー……ですか?」

茉白にとっては耳慣れない響きだ。

「立食形式でそんなに堅苦しくはない。シャルドンの新業態店舗のオープン記念パーティーで、うちと同じようなアパレルや雑貨店の関連会社も来るし、ロスカの同業者も来るはずだから名刺交換するといい」

遙斗はロスカの新規取引先探しや、同業者との交流の場を提供してくれるつもりのようだ。

「あ、えっと……はい、ぜひ。……ありがとうございます」

「俺も米良もいるから緊張することはない」

茉白の様子から、すでに緊張していることを察したらしい遙斗が言った。

(雪村専務がいるから余計に緊張するんだけど……。服どうしよう……)

会社に戻った茉白は、スケジュール帳の再来週の金曜の枠を見ながらあれこれ考えてばかり。ときどき、先ほどの遙斗のまなざしを思い出しては、赤面をごまかすために机に突っ伏した。

# 第四章　ふたりきりの控え室

十日後の金曜日。

この日半休を取った茉白は、自宅の部屋でひとりファッションショーを繰り広げていた。

(堅苦しくないっていってもシャルドングループのパーティーだし……アパレル系の人も来るって言ってたし……どうしよう……)

悩んでいるうちに美容院の時間が迫ってきていた。

茉白は、何度も手に取っては戻していた深いセルリアンブルーのワンピースを着ることに決めた。

パーティー会場は、遙斗が話していたシャルドンの新店舗だった。

カフェを併設しアパレルとコスメがメインのようで、洋館風の外観に、内装は特注らしいアンティーク調の什器(じゅうき)が置かれ、壁はクラシカルなピンク系の花柄の壁紙で統一されている。

茉白が受付に行くと、米良が手伝っていた。見知った顔に安心したが、忙しそうで軽く会釈をする程度の挨拶しかできなかった。

はじめに新店舗の特長をアピールする映像や、今後のプロモーション展開についての説明、そして遙斗の挨拶があった。

どうやらここは、遙斗がコスメ部門に関わっていたときに企画された店舗のようだ。

「本日は皆様、お集まりいただきありがとうございます」

普段よりさらに華やかさを増すような艶のあるブルーグレーのフォーマルスーツを身に纏い、自信に満ちあふれた表情で話す遙斗に、会場の女性たちが色めき立っているのがわかる。

（やっぱり雲の上の人……）

最初の商談のときから考えるとずいぶん打ち解けられたような気がしていた茉白は、立場の違いをあらためて突きつけられたような気がした。

遥斗の挨拶が終わり、それぞれが自由に歓談する中、茉白は柱の陰になるようなところでひとり、シャンパンを飲んでいた。

「なんでこんな隅にいる?」

背後から突然聞こえたその声に、茉白の心臓が大きく脈打つ。

「わ！　あ、本日はお招きいただき……」

「わ、って」

　慌てる茉白に、遙斗がおかしそうに微笑む。

「せっかくの交流の機会なのに、グラス片手にボーッとしてたらもったいないだろ？」

「素敵な空間で……さすがにアパレルやコスメ関連の人が多いだけあって、みんなキラキラしていて……ちょっと気後れしてしまって」

　茉白は不安げに前髪に触れている。

　遙斗は茉白を、頭のてっぺんからつま先まで軽く確認するように眺め、自信のなさそうな仕草に「ふぅ」とため息をついた。

「こっち」

「え……？」

　遙斗に促されついていった先にあったのは、メイクルームのような部屋だった。

　先ほどの会場とは違いブルーの花柄の壁紙で落ち着いた雰囲気のその空間には、大きな鏡のついたアンティーク調のメイク台に、シャルドングループのものらしいメイク道具が備えつけられている。

「あの……？」

状況がのみ込めない茉白は、戸惑った表情のまま立ち尽くしている。

「そのドレス、メアクロ？」

遙斗が口にした〝メアクロ〟とは、『Mary's Closet（メアリーズクローゼット）』というアパレルブランドのことだ。

「すごい、よくわかりますね。母が昔、メアリーズクローゼットのパタンナーをしていたんです。その頃のドレスなので古いものなんですけど、ずっとお気に入りで……」

茉白は照れくさくて、顔が熱くなるのを自覚する。

「メアクロは服のシルエットが綺麗だから昔のものでもすぐにわかる。もともとクラシカルなデザインが得意なブランドだから、昔のものでも古いとは思わない。いいブランドだよな、俺も好き。よく似合ってる」

「……ありがとうございます」

先日のランチのときと同じように、照れもせず真顔で言う遙斗に茉白の方が恥ずかしくなり、女性を褒め慣れている遙斗と自分の住む世界の違いをまた感じる。

「ただし、メイクはもっと自分に似合うものにした方がいい」

「パーティー向けのメイクってよくわからなくて。それに、ご存じの通り絵が下手なので……」

「説得力がすごいな」

申し訳なさそうに言う茉白に、遙斗が笑う。

「よかったら、俺にメイクさせてくれないか？」

「え？」

遙斗の言葉の意味が理解できなかった。

「顔に触れるから、嫌なら断ってくれてもかまわないが」

遙斗の提案に茉白は一瞬考えた。今のメイクはあまり似合っていないということだろうから、ここは任せてみてもいいかもしれない。

「じゃあ、お願いします」

遙斗は茉白を鏡の前に座らせると、メイクを落とそうとした。

「あ、すっぴんに……」

「ひどいクマで商談に来ておいて今さらなに言ってる？　たしか居酒屋で泣いてた時もメイク落ちてたな」

たしかに何度かひどい顔を見せてしまっているので今さらだ。

遙斗は手慣れた様子でメイク道具を扱う。

「趣味……なんですか？」

遙斗の手が顔に触れるたびにそこが熱を帯びるようにドキドキしてしまい、なにか話していないと落ち着かない。

「メイクが？　そういうわけじゃないけど」

手を動かしながら遙斗が答える。

「じゃあどうしてそんなに慣れてるんですか？」

「この間までコスメ部門の統括をしていたからな。俺なりに勉強した」

「さすが……」

「米良もできるよ」

「へぇ、そうな――」

米良の名前を出されて、茉白はこの空間に遙斗とふたりきりであることをようやく実感した。ランチの店でふたりで過ごすのとはまったく違う〝ふたりきり〟に、茉白の心臓のリズムがまた速くなる。

「あ、お時間……大丈夫ですか？　雪村専務がいないと……」

「いいんだよ、俺は。こういう場にいると自称結婚相手候補が寄ってきてうっとうしいだけだから。どうせ半分くらいは控え室で休んでる」

「……おなか空いちゃいますね」

「そこ？」

結婚相手候補という言葉に、〝やっぱり住んでる世界が違う〟が茉白の本当の感想だった。

「そういえばＳＮＳ」

必死で次の話題を探す。

「ん？」

「あれからもずっと好調で、いつも投稿に反応してくれるフォロワーの方もいたりして……だんだん楽しくなってきました。ひとりじゃ絶対無理だったので……雪村専務のアドバイスのおかげです」

「もちろん自分にしかできないこともあるけど、会社にはいろいろな知識や特技のある人間が集まっている。それをうまく活かしていくのも大事な能力だ。とくに、上に立っていく人間ならな」

「……はい」

「よし、できた」

「わぁ……」

鏡の中の茉白は、茉白自身にも先ほどより何倍も輝いて見えた。

それはメイクのおかげだけでなく、きっと遙斗とふたりきりの空気のせいでもあるだろう。

「立ってみて」

遙斗に言われ、立ち上がった。

「うん、いいね。さっきより少しナチュラルな感じかな」

遙斗はメイク台に軽くもたれるように立った姿勢で、また上から下まで確認するように茉白を見た。茉白はいつものように緊張してしまう。

（どうしてこんなことしてくれるんだろう……）

「またその表情（かお）」

「え……」

「真嶋さんは米良には楽しそうに笑うけど、俺と話してるときは困った表情か緊張したような表情ばっかりだな。この間はリラックスしてくれてたと思ったのに」

茉白はその言葉にまた困ってしまう。

「俺ってそんなに怖いのか？」

遙斗の方が困ったような表情で問いかける。

茉白は黙って首を横に振った。

「え、えっと……その……たしかに雪村専務とお話しすると緊張しちゃいますが。それに最初にお会いしたときはたしかに少し怖かった……ですけど」

「あれは、たしかに悪かった」

珍しく申し訳なさそうな顔をする遙斗に、茉白はまた首を横に振った。茉白はあのときの非はあくまでも自分にあると思っている。

「今は、怖いわけじゃなくて……なんていうか」

茉白はたどたどしくも、遙斗の誤解を解くための言葉を探す。

「雪村専務はまっすぐでプロ意識が高くて、その、緊張してしまうというか……えっと……尊敬、みたいな感じっていうか。それに、こういう華やかな場でお会いするとやっぱり雲の上の人……みたいな感じがして余計に」

「それはつまり、マイナスの感情ではない？」

茉白は今度はコクコクと首を縦に振る。

「マイナスの感情なんて全然ないです。むしろプラス……だと思います」

「ならよかった」

遙斗はホッとしたように目もとをやわらげた。

「ただ、俺は別に雲の上の人間なんかじゃなくて、こうやってここに立ってる。物理的にも、それに人間的にも地に足をつけてるつもりなんだけど」

「はい、雪村専務ご自身はそうしてるってわかります」

（でも……オーラがあふれちゃってるんです）

「だったら、俺にも米良にするみたいに自然に笑ってくれないか？」

遙斗は茉白の顔を下から覗き込むように見た。

「えっと……善処、します」

茉白はうつむきがちに、頬を熱くしながら答えた。

チラッと見ると、遙斗がまた優しく微笑む。

茉白は恥ずかしくなって、赤面したままクルッとうしろを向いた。うしろが鏡だということを忘れていた茉白は、そこに映った遙斗の顔にまたドキッとする。

遙斗は一歩近づくと、茉白の髪が少しほつれていたのをうしろから整えた。鏡の中の遙斗はずっと茉白の瞳を見すえている。

そして茉白の両肩に手を置くと、耳もとでささやいた。

「本当に綺麗だ」

茉白は息が詰まってしまいそうなほどドキドキしているが、目が逸らせない。なにも言えずにしばらく遙斗の目を鏡越しに見つめていた。

ほどなくして遙斗のスマホが鳴った。どうやら米良が呼んでいるようだ。

「残念だけど時間だな。会場に戻ろう」

茉白は無言でうなずくのが精いっぱいだった。

遙斗のうしろを歩きながらも、茉白の心臓は高鳴りっぱなしだ。

ふたりが戻ると、すぐに米良が話しかけてきた。

「あれ？　茉白さん、受付でお会いしたときよりさらに素敵になってませんか？」

「あたり前だろ？　俺がじきじきにメイクしたんだから」

遙斗と目が合い、茉白は恥ずかしくてはにかむ。そんな茉白を、米良も微笑ましそうに眺める。

「本当にお綺麗ですよ」

「ほら、自信持って名刺交換に行ってこい」

遙斗に送り出され、茉白は本来の目的を思い出して背筋を伸ばす。

（雪村専務……すごい、さっきまでの場違いだって思ってた気持ちがなくなった）

「あ、じゃあこの前ＳＮＳに載ってたクリームソーダのポーチの？」

「です！」

「あれ私も買おうと思ってて～、あ、私は『ラグラデ』のデザイナーなんですけど～」

「ラグラデ？　キャンドルよく買います～！」

茉白は遙斗のおかげで、さまざまな業種のゲストと名刺交換ができていた。

（新しい売り先だけじゃなくて、ＯＥＭにもつながるかも。来てよかった）

「これ、おいしいですよ」

茉白が会場の端で交換した名刺をしまっていると、いつの間に横にいたのか、見知らぬ男性がそばのテーブルの料理を指していた。

「そうなんですね。食べてみます！」

場に慣れてきた茉白は、愛想よく笑顔で応える。そしてテーブルの上の大皿から、オリーブがのったキッシュのようなフィンガーフードを手に取った。

「本当だ、おいしい」

「名刺交換よろしいですか？」

「はい、ぜひ」

男に名刺を差し出され、茉白も自分の名刺を渡した。

【株式会社Ａｍｓｅｌ（アムゼル）常務取締役　影沼匡近（かげぬままさちか）】

（アムゼルって、コスメ系のメーカーだったっけ）

「真嶋さんはお若いのに営業部の主任なんですね」

「はい、一応。といっても小さな会社なので、営業の人数も少ないんです。影沼さんこそお若そうですけど、常務取締役なんてすごいですね」

影沼は三十代半ばから後半くらいの見た目をしている。少し冷たそうな雰囲気があるが、スラッと背が高く、漆黒のような髪で遙斗とはまた違った雰囲気の整った顔立ちをしている。

「いや、私は親の会社を継ぐ立場というだけなので」

影沼が謙遜するように言った。

「そうなんですか？　私も……実は父の会社なんです」

「へぇ。将来的には会社を継がれるんですか？」

「そうしたいなと思って、今いろいろ勉強中です」

茉白はニコッと笑った。

「真嶋さんみたいな娘さんがいて、お父様も安心ですね」

「だといいんですけど」

茉白は生気のない父の顔を思い浮かべた。

影沼とはその後少しだけお互いの事業のことを話した。

「ロスカさんが作った雑貨と、うちのコスメでコラボとかもいいですね」

「いいですね、機会があればぜひ」

（偉い立場なのに、結構気さくな人だな）

茉白が飲み物を片手に影沼と話していると、遙斗の姿が目に入る。それなりに広い会場だが、背が高く華やかなオーラのある遙斗はどこにいても目立っていた。

それだけに先ほどのふたりで抜けていた時間は本当に大丈夫だったのだろうかと心配になる。同時に、特別な時間だったと少しだけ自惚れてもいいのかもしれないと思えた。

「遙斗はトマトがないやつがいいんだっけ？」

遙斗の隣に立つ女性が料理を取ろうとしている。彼に負けず劣らず華やかな雰囲気の美人だ。

遙斗を名前で呼び、トマトが嫌いだと知っている。親しい間柄なのだと一瞬でわかった。

（別に、仲のいい友達くらい男性だって女性だってたくさんいてあたり前じゃない）

茉白は少しモヤモヤとした気持ちになったが、特別なことではないと自分を納得させた。

パーティーが終わりを迎え、茉白は帰り際に遙斗と米良に挨拶をした。

「本日はお招きいただきありがとうございました。雪村専務のおかげで、いろんな方と名刺交換できました」

茉白がうれしそうに遙斗に笑いかけた。

「よかったな」

遙斗もうれしそうに笑顔で返す。

「車で送りましょうか？」

米良が言うと、茉白は恐縮した。

「自分で帰れるので大丈夫です。ありがとうございます。あの、次の商談のアポだけ取らせていただきたくて」

「こんなときまで仕事熱心だな」

遙斗の笑顔がやわらかい苦笑いに変わる。そんな遙斗の表情に、先ほどの女性の姿がチラついてしまう。

（ふたりともニコニコして、仲よさそうだったな）

# 第五章　茉白と黒の御曹司

パーティーの週末が明けた月曜。

茉白のスマホに、また知らない番号から着信があった。

「はい」

『アムゼルの影沼と申しますが、真嶋さんのお電話でよろしいでしょうか』

「あ、パーティーのときの」

黒髪で背の高い男性を思い出す。

『覚えていていただけましたか？　早速ですが、お仕事をご一緒できないかと思いまして』

「え！　早速ですか？　フットワークが軽いですね」

『仕事はスピードが大事ですから』

電話越しに影沼が笑う。

「では――」

茉白はアポの予定を入れようと手帳を開いた。

『それで、真嶋社長につないでいただけないかという相談なんですが』

「え……あ、そうなんですね」

影沼は茉白が社長の娘であることを知っている。

（アムゼルはうちより規模が大きいし、二十代の小娘じゃ力不足って思われちゃったかな）

「わかりました、真嶋につなぎますね。お名前とご要件を伝えておきますので、直接ご連絡ください。番号が――」

主任でもある自分ではなく父につなぐように言われてしまったのは少し残念な気持ちになったが、珍しいことでもないと気を取り直す。

茉白は影沼のフットワークの軽さに、自身もパーティーで名刺交換をした人たちにお礼のメールを打っておこうと思い立った。

ふと、パーティーの夜の記憶が蘇る。

『よく似合ってる』

『だったら、俺にも米良にするみたいに自然に笑ってくれないか？』

『本当に綺麗だ』

遙斗の言葉を一つひとつ思い出しては、茉白の心臓が速いリズムを刻む。

（本当に現実だったのかなっていうくらい、不思議で……素敵な時間だった）

思い出すと耳が熱くなる。

パーティーの終わりに遙斗に取りつけた次のアポイントは来週の火曜だ。茉白はある物を遙斗に見せるのを楽しみにしていた。


翌週の月曜日。

「今度こそ結婚しちゃう感じ？」

「え～……ていうか、やっぱり相手もセレブなんだねー」

「イギリスと日本のハーフだって。すっごい美人！」

休憩時間、莉子やほかの女性社員が集まってスマホを見ながらザワザワとしている。

「どうしたの？」

「あ、茉白さーん！　見てくださいこれ～！」

そう言って莉子が見せたのは、ネットのゴシップ記事だった。

【シャルドンエトワールイケメン御曹司と人気アパレルブランドハーフ美人令嬢、結婚間近⁉　高級レストランで堂々デート】

タイトルの下には遙斗と相手の女性の写真が貼られている。

(雪村専務の……熱愛記事)

ふたり別々の写真だが、茉白はその女性に見覚えがあった。パーティーで遥斗と親しげに話していた、あの華やかな女性だ。

「でもこの手の記事ってよく出てるよね～」

莉子ではない女性社員が言う。

「まぁね～。でも今までは女優とかモデルだったけど、アパレルのお嬢様ってとこが今回はリアルじゃない？」

莉子が仕事のとき以上の真剣な口ぶりで返す。

記事の続きに書かれたアパレルブランドの名前を見て、茉白の心がスッと血の気を失う。

【お相手は人気アパレルブランド、メアリーズクローゼットの社長令嬢】

茉白がパーティーで着ていたドレスのブランドだ。

(だから……褒めてくれたんだ。恋人の会社のブランドだから〝好き〟なんだ。社交辞令を勘違いしちゃってバカみたい)

茉白は小さく落胆のため息をついた。

翌日。

茉白は気持ちを切り替えてシャルドン本社へと商談に訪れた。

「あれ、今日は米良さんは……」

商談ルームに現れたのは遙斗ひとりだった。

「ちょっと別件で立て込んでいて」

「そうですか……」

(今日はなんとなく米良さんにいてほしかったけど)

仕事には先日のパーティーもゴシップ記事も関係ない、と自分に言い聞かせた。

「今日は次のシーズンに発売するレイングッズの企画のご紹介で——」

茉白はあれ以来、毎回きちんとした資料を持参して商談に臨んでいる。

「うん、企画の内容はわかった」

「もう少し商品ラインナップを協議しますのでまだ先にはなりますが、レイングッズは生地のプリントの関係で弊社から工場への発注締め切りも早いので、もし御社からご発注いただける場合は締め切り厳守でお願いします」

「了解。ところで」

遙斗の視線が資料から茉白に移り、ふいに目が合う。遙斗に見つめられたようでドキッとしてしまい、そんなはずはないと自分で否定する。

「なんか元気がない気がするんだけど」

説明を終えた茉白に遙斗が尋ねた。

「え？　そうですか……？」

「また、パーティーの前みたいな困ったような表情に戻ってる」

茉白はどう答えたらいいのか、本当に困ってしまった。まさか『あなたのゴシップ記事を読んで落ち込んでいます』などと言うわけにもいかない。

「そうだ、あ、あの」

茉白は無理やり話題を変えるように、バッグを開けて商品のサンプルを取り出した。

「これ、テストサンプルができたんです」

彼は興味深そうに見ている。

茉白がテーブルに並べたのは、ワニやほかの動物の形のアイピローだった。どの動物も、うつ伏せのポーズをしている。

「前に話に出たワニの商品、まだ企画途中なんですけど……せっかくなので雪村専務やほかの男性の方も使っていただきやすいものにしたくて」

茉白が説明する。

「前に使い捨てのアイマスクを気に入ったっておっしゃっていたし、これなら家や出張先のホテルなんかの室内で使えるので。動物の種類はとりあえずいろいろ作ってみました。この中から評判がいいものを発売するつもりです」

遙斗は茉白の説明を聞きながら、ワニのアイピローを手に取った。

「そのままでも少しひんやりする感じで使えるんですけど、レンジで温めたり、冷蔵庫で冷やしたりして温冷どちらも使えて」

「これ、ワニだけ寝てないな」

遙斗が言った通り、シロクマや猫などほかの動物は目を閉じているが、ワニだけ目をぱっちり開けている。

「本番ではワニも寝顔になる予定なんですけど……そのワニは、雪村専務用に特別な顔にしてもらったんです」

「特別？　俺は寝ないで働けってこと？」

遙斗は思わず苦笑いをこぼす。

「違います。その逆で」

「逆？」

「雪村専務はお忙しいと思うので、なかなか安心して休める時間もないのかなって思うんですけど……このアイピローを使ってるときは、そのコが代わりに起きてるので、ゆっくり休んでほしいなと思って。それにおなかに時計の刺繍も入れてもらったので……時間も見ててくれて」

茉白は自分が考えた設定を説明しているうちに、恥ずかしくなってしまった。

赤くなる茉白を見た遙斗は、うれしそうにワニを見つめて微笑む。

「時計ワニ、か。ということは、これはもらっていいのか？」

「はい。別に差し上げたから注文してほしいってことではないので！　あ、でも注文してほしくないってわけでもなくて」

茉白の言葉に遙斗は笑う。

「モデル料としてもらっておく。使い心地がよかったら注文するよ。ありがとう」

遙斗が使うと言ってくれたので、茉白のこわばっていた肩の力が抜けた。

「あの、米良さんにはこのコを」

そう言って茉白が遙斗に渡したのは眠っているキツネだった。

「キツネ？」

「米良さんは、動物だったらキツネっぽいかなって」

茉白の言葉に、遙斗が小さく噴き出す。

「よくわかってるな」

遙斗が屈托のない笑顔を見せた。


帰り道。

茉白の心には商談へ来たときと違う感情があふれ、喉の奥を締めつけられるような息苦しさを感じていた。

『俺は別に雲の上の人間なんかじゃなくて』

茉白はパーティーでの遙斗の言葉を思い出して、首を横に振る。

（なにを勘違いしていたんだろう。やっぱり私とは全然立場の違う人だった）

社長令嬢とのゴシップ記事やシャルドンの大きなビルが頭に浮かぶ。

家柄やこれから守っていくべき会社のことを考えれば、遙斗の相手にふさわしいのは彼女のような人間だと納得せざるをえない。

それでも、先ほどのような屈託のない笑顔を見せられると、茉白の胸はキュッと切ない音を立ててしまう。


一週間後。

茉白は縞太郎の席に呼び出されていた。

「ああ。茉白がこの前パーティーで名刺交換してきてくれたアムゼルさんが、雑貨店でうちのポーチやミラーと向こうのコスメ用品を一緒にコーナー展開する企画をしないかって、声をかけてくれてね。影沼常務がとても熱心なんだ」

縞太郎はニコニコ笑っている。

「でも、お互いよく知らないメーカー同士で店頭展開だけコラボしても、商品がチグハグになっちゃうんじゃない？」

「なんでも、前々からうちの商品を店頭で見てファンでいてくれたそうだよ」

「そうだったの？」

（パーティーのときはそんなこと言ってなかったけど）

茉白は少し不思議に思い首をかしげた。

「先方がうちの商品に合わせて、色やデザインの雰囲気が合うものを選んでくれるそうだ。コーナーにつける店頭ＰＯＰも向こうで用意してくれる。悪い話ではないから、のってみようと思う」

「そうなんだ。合わせてくれるならチグハグにはならないかもね」

（あんなにすぐに連絡をくれて、そこまでやってくれるなら……たしかにファンなのかな。パーティーのときに言ってくれたらよかったのに）

初めての試みに茉白には不安な気持ちもあるが、なにより縞太郎のニコニコとうれしそうな顔を見るのが久しぶりだったので、この企画を応援することにした。

雑貨店でのコラボコーナーの設営日。

「こんにちは」

商品陳列をしていた茉白に声をかけてきたのは、影沼だった。

「こんにちは。パーティー以来ですね、お久しぶりです」

「あのとき、真嶋さんと名刺交換してよかったですよ。こんなに素敵な企画がすぐに実現した」

影沼がにこやかな顔で言った。

「こちらこそありがとうございます。ＰＯＰも作っていただいたのに什器までご用意いただいちゃって」

「いえ、うちは社内に什器がいろいろあるので。なによりロスカさんのファンなので協力はいたしますよ」

「それ、パーティーのときに言ってくださったらよかったのに……なんて」

茉白はニコッと笑って影沼を試すような言い方をした。

「あー、いえ、あのときはアルコールも入っていて。家に帰って御社の名前を検索したら知っている商品がたくさん出てきて、あ、SNSをもともとフォローしていたのにもあの場では気づかなかったんですよ」

「え、そうだったんですか？」

SNSと言われ、茉白はうれしさと驚きの混ざった笑顔を見せた。


アムゼルとのコラボは茉白の予想よりずいぶんと好評だった。

(使えるツテとかコネとか……あんまり警戒してたらダメなんだ)

『使えるものはなんでも使う』

茉白は遙斗に言われた言葉を思い出して反省していた。

「こんにちは」

店頭コラボの最終日、閉店間際の店内でまた影沼が茉白に話しかけてきた。

「こんにちは。影沼さんも片づけですか？」

「ええ、什器を持って帰らないといけないので。茉白さんもですか？」

店頭コラボは二週間の期間限定の予定が三週間に延長され、その間に商品の補充で何度か影沼と顔を合わせている。

縞太郎とも頻繁に連絡を取り合っているらしい影沼は、ごく自然に茉白を名前で呼ぶようになっていた。

「はい。でもほとんど売れちゃって、残りの商品も返品じゃなくて店頭に残して普通に並べていいって言われてるので、数だけ数えたら終わりです。おかげでいい実績ができました」

茉白は笑顔で返した。

「ところで茉白さん、この後お時間ありますか？」

「え……はい。今日はこのまま直帰なので」

「よかったら食事でもいかがですか？　什器を持って帰る都合で車で来てるんです」

「食事……」

よく知らない男性とふたり、という点で茉白は少し警戒してしまう。

「ああ、安心してください。私は今日中に什器を会社に持っていかなければいけないので、食事をしたらご自宅にお送りしますよ」

「あ、ごめんなさい、失礼な反応しちゃって……。じゃあぜひお願いします」

茉白は影沼の車の助手席に乗り込んだ。

影沼の車も、常務というだけあって高級車だ。

「なにがいいですか？　近くに三つ星フレンチがあるみたいですけど」

「あの、こんな服装なので……全然普通の居酒屋とかでいいですよ」

「そういうわけにはいきませんよ」

影沼は笑った。

（こんなに急に、それもふたりきりであんまり堅苦しいお店に行きたくないな）

茉白も一応社長の娘という立場なので、父に付き合う形で何度か取引先と高級店で会食をする機会はあったが、茉白自身はそういう店を好んではいない。

茉白は遙斗と米良と初めて食事に行ったときのことを思い出した。

（あのとき、もしかして私が緊張してたから普通のお店に行ってくれた？）

なんとなく遙斗はそういう気の回し方をしそうな気がした。

「じゃあ、カジュアル目なイタリアンにしましょうか」

「あ、はい。お願いします」

影沼に連れてこられたのは、カジュアルとはいってもデートに向いていそうな比較的高めの価格帯の店だった。

「私も子どもの頃から自社製品のサンプルをよく渡されましたよ。コスメがメインなので、中学生の頃からはクラスの女子に配ったりもしてました」

「私も友達に配ってました。あるあるですね」

お互いにメーカーの社長の息子、娘ということで、食事が始まると共通の話題で思いのほか盛り上がった。

話の流れで影沼は現在三十六歳、独身だとわかった。

「じゃあ、縞太郎さんはもともとデザイナーだったんですね」

「そうなんです。デザイナーというか、商品の企画とか……。売れないものもたくさん作ったみたいですよ。なので営業畑出身の社長さんよりも数字にはちょっと大ざっぱなところがあって。亡くなった母が外からサポートしてました」

「へぇ……」

「だから母の分までカバーしなくちゃって思ってるんですけど、なかなか……」

茉白は苦笑いを浮かべ眉を下げる。

「でも、茉白さんはがんばってますよね」

「え？」

「女性なのに営業としてあちこち飛び回って、シャルドンのパーティーにも招待されるくらい実績を上げている」

(〝女性なのに〟……?)

茉白は影沼の言葉に引っかかりを覚えたが、重箱の隅をつつくようだと思い、受け流した。

「あのパーティーはたまたまタイミングがよかっただけです」

「タイミング?」

「はい、OEMとか……SNSで商品を紹介していただける機会があって、まぁいろいろ……」

パーティーの話題はまだ胸がズキッと痛む。

「ふーん。ああ、そういえばいつもSNS見てますよ。あれは茉白さんが?」

「はい、後輩とふたりで管理しています。なかなか奥が深くておもしろいです」

「私は見る専門です。いつも投稿にこっそりリアクションさせていただいていますよ」

「わぁ、ありがとうございます!」

(あれ? 〝いつもリアクション〟?)

茉白は莉子が言っていた〝クロさん〟のことを思い出した。

（影沼……影……黒。ひょっとして、クロさんだったりする？）

「ところで、茉白さんはロスカを継ぐつもりということですけど、ご結婚はまだ考えていませんか？」

「えっ、結婚ですか？　んーまだっていうより、あんまり真剣に考えたことがないかも。年齢的に友達の結婚式に呼ばれる機会は多いんですけど」

茉白は気まずそうに笑った。

「お付き合いしている方とはそういう話にならないですか？」

「いないです、そんな相手」

「へぇ……でも、好きな相手くらいはいるんじゃないですか？」

影沼の質問に、すぐに遙斗の顔が浮かぶ。

茉白は遙斗の顔のイメージを振り払うように首を横に振った。

「いないです！　今は仕事に集中したいので」

茉白はそばにあったグラス入りの炭酸水をグビッと飲んだ。

「影沼さんこそ、立場的に私よりよっぽどそういうお話が多そうですけど」

「ええ、まあ。縁談話は多いですね。とはいえ、私も茉白さんと同じような感じです」

「同じ……」

「あ、私は気になる女性くらいはいますよ」

影沼はにっこりと笑った。

「今日はありがとうございました。ごちそうになってしまってすみません」

自宅に送り届けられた茉白は車から降りて、影沼に挨拶した。

「いえ、ぜひまたご一緒しましょう。おやすみなさい」

「おやすみなさい」

茉白が家に入ると、縞太郎が玄関にやって来た。

「ただいま」

「おかえり」

普段はわざわざ出迎えるようなことはしないので、なんだか珍しいなと思った。

「影沼常務から連絡をもらったよ。食事に行ったんだって？」

「うん。お父さんに連絡なんて丁寧だね」

「楽しかったか？」

縞太郎が微笑みながら聞いてきた。

「ん？　うん、まあ普通に。影沼さん、話しやすい人だね」

「そうか」

縞太郎はどこかうれしそうに言うと、自室に戻っていった。


「本当ですか？　よかったです！」

ある日の午後、茉白は電話口で明るい声を響かせた。

『ええ、まあ色によってバラつきはありますが、どの店舗でもよく売れていますよ。この後メールで売上実績を送りますね』

電話の相手は米良だった。

先日納品したポーチとハンカチの店頭での売上実績が発表され、その結果がとても好調だという報告だった。

ポーチとハンカチは納品から一週間経った頃にはシャルドングループの店舗での動きがいいことを把握し、あのＳＮＳのタイミングの少し前に追加で納品をしていた。

ポーチについては、シャルドングループで取り扱っていることを知ったほかの雑貨チェーンや小売店からも受注が増え、新規の取り扱い希望もいくつかあったので、予想したよりも早く在庫がなくなった。

自分のチェーンでもＯＥＭの商品を作りたいと言ってくれる企業も出てきた。

シャルドングループの信頼性の高さと影響力の大きさを、茉白はあらためて感じていた。

そして、茉白と莉子がロスカのSNSをがんばって毎日更新し、商品の紹介を頻繁にするようになってから、直営ECサイトの受注件数と売上金額も伸びてきている。

「最近うちの会社絶好調じゃないですか?」

莉子が茉白に笑顔で声をかけてきた。

「うん! 今度雑誌の特集で、うちのコスメポーチを取り上げてもらえるみたい」

茉白もうれしそうに答えた。

そんな茉白を見て莉子が「ふふっ」と笑う。

「えーなにー?」

「茉白さんが楽しそうで、私うれしいです」

「え?」

「私が入社してから……とくに茉白さんのお母さんが亡くなってから、ずーっとずーっとがんばってるところを見てたから、やっと茉白さんの努力が報われてきてる感じがして……」

莉子の目が少し潤む。

「やだ莉子ちゃん、どうしたの急に！」

　莉子の背中をぽんぽんと叩きながら、茉白もつられて泣きそうになる。

「ＯＥＭのときにも言ったけど……私ひとりの努力じゃなくて、莉子ちゃんもみんなもがんばってくれてるからだよ。莉子先生がいなかったらＳＮＳもよくわからないままだった」

　莉子は茉白の肩でうなずいた。

「……でもみんな、そういうふうに思ってくれる茉白さんだからがんばれるんです」

「ふふ、うれしいこと言ってくれるね。でも、まだまだこれからだよ」

「まだまだ？」

「もっとね、一つひとつのシリーズをちゃんとブランドみたいにしていきたいし、ロスカの名前ももっといろんな人に知ってほしいなって最近思ってるの。私、欲が深くなっちゃったみたい。だから莉子ちゃんもまたいろいろ教えてね」

「はい……トレンドのことは教えるので、商品の値段は教えてくださいね」

　莉子は涙目のまま冗談交じりに言った。

　業績がよくなる兆しが見えてきたのも、自分の目標が高くなったのも、もっと会社の仲間の力を借りてがんばりたいと考えるようになったのも、すべて遙斗に出会ったからだ、と茉白は思った。

(雪村専務の横に特別な女性として並ぶことはできなくても、仕事ではちゃんと認められて、ずっと付き合っていってもらえるような会社にしたい)

「こちらは来月発売の新商品で——」

この日、茉白は莉子やほかの営業部メンバーと一緒に雑貨の展示会で自社ブースに立っていた。

展示会とは小売店や卸売業向けの商談会のようなもので、いろいろなメーカーが会場内の自社ブースに商品を並べ、来場した店舗のバイヤーに説明をしながら商談する。

さまざまな業種が交ざった展示会もあれば、コスメ業界、玩具業界、文具業界など、商品ジャンルで区分された展示会もある。

今回は〝生活雑貨〟というくくりで、コスメやキッチン雑貨、ファッション雑貨など比較的広い商品ジャンルでの展示会だ。

「盛況ですね」

茉白に話しかけたのは影沼だった。

「そうですね、さっきからひっきりなしにお客様が来てますね」

　今回は影沼の提案にのる形で、アムゼルとロスカが隣同士のスペースに申し込み、ブースをつなげて共同で出展している。

「影沼常務もイケメンですよね。私の好みではないですけど」

　接客中の影沼を見て、莉子がこそっと茉白に耳打ちした。

「莉子ちゃんなに言ってるの。真面目に仕事して」

「えーでも、影沼常務は茉白さんのこと狙ってそうですけど」

「そんなわけないでしょ」

「そうかなぁ……あ、私のお客さんだ、こんにちは～！」

　莉子は言いたいことを言って、接客に行ってしまった。

（……影沼さんが？）

『気になる女性くらいはいますよ』

　ふいに先日の影沼の言葉を思い出した。

（まさかね）

　茉白がそんなことを考えている背後で、女性たちのざわめく声が聞こえてきた。

「茉白さん、こんにちは」

　米良の声で呼ばれ、茉白は振り向く前になにが起きているのか理解した。

「こんにちは」

想像通り、ざわめきの原因は遙斗だった。

「……こんにちは」

普通の接客を心がけるが、ついぎこちない態度になってしまう。

「予定が合うか微妙なところだっておっしゃってましたけど、来られたんですね」

「茉白さんのためにスケジュールを一分単位で調整して、時間を捻出しましたよ。少しご無沙汰してしまいましたから」

「米良……また大げさに……。この展示会には大口の仕入れ先もいくつか出てるから、できれば見ておきたかったんだ」

「で、ですよね。うちにも来ていただけてうれしいです」

いつもなら米良のジョークと遙斗のボヤくような言葉に笑ってしまうところだが、今日はその笑顔もうまくつくれない。

「そういえば茉白さん、〝キツネ〟ありがとうございました。愛用してますよ」

「あ、使っていただけてるんですね。あのアイピローもサンプルをあちらに展示していて」

茉白がふたりをブースの奥に案内する。

「どの動物がいいか、お客さんからの人気投票をしているんです。意外にもワニが大人気で……」

「意外にも？」

「あ……」

口をすべらせた茉白は気まずさを見せつつも、少しだけ自然に笑えた気がした。

「雪村専務」

そのとき、誰かが三人の背後から声をかけた。

「ご無沙汰しております、アムゼルの影沼です」

「ああ、先日のパーティーにもご出席いただいていましたよね」

遙斗が返答しながらも訝しんでいる様子なのを見て、茉白はここがロスカのブースだということを思い出した。別の会社の人間が自分のブースかのように振る舞っていれば、不審に思うのは当然だ。

「あの、雪村専務、今回弊社はアムゼルさんと共同で出展しているのでお互いのブースを自由に行き来できるんです」

茉白がフォローを入れた。

「共同？」

「はい、アムゼルさんから――」

「茉白さんのお父様と懇意にさせていただいていまして。お互いの苦手分野を補い合うために一緒に出展したんです」

影沼が茉白にかぶせるように言ったので、茉白は若干困惑する。

そんな茉白を見て、遙斗は小さくため息をついた。

「ところで雪村専務、弊社のことは覚えていらっしゃいますか？　コスメ部門を見ていらしたときに」

「ええ、覚えていますよ」

「ではぜひうちの方にも――」

「申し訳ないですが、ロスカさんの商品説明を受けている最中ですし、私はコスメからは離れたので」

「本日は時間も限られておりますので」

遙斗が断ると、米良が付け足した。

影沼は渋々という表情でアムゼル側に戻っていった。

「社長がアムゼルと懇意にしてるって？」

影沼がいなくなると、遙斗が茉白に尋ねる。

「はい。あのパーティーで私が名刺交換して知り合って。父につないだらそこからよく連絡を取っているみたいで」

「仕事ではなにか？」

「店頭のコーナー展開を一緒にやるとか、今日の展示会くらいです」

「そうか……」

茉白には遙斗の質問の意図がよくわからなかった。

「茉白さん、人気投票の用紙ってどこかにまとめてます？」

接客を終えた莉子が茉白に質問に来た。

「え、え、ちょっと茉白さん……！」

莉子は茉白と一緒にいる人物に気づき、驚きのあまり怯えたような態度になる。そんな莉子を見て、茉白はクスッと笑った。

「雪村専務、米良さん、彼女が私のＳＮＳの師匠の塩沢さん……じゃなくて、莉子先生です」

「茉白さん、変な紹介しないでくださいよ～！」

仲のよさそうなふたりのやり取りを遙斗は微笑ましく見ていた。

「はじめまして。シャルドンエトワールの雪村です」

「えっと、ロ、ロスカの塩沢です。ちょうだいいたします……」

遙斗と名刺交換をする莉子の手は震えている。

「二週間でフォロワーを百倍以上にするなんて、すご腕ですね」

「まぁ、もとが六人でしたからね」

遙斗に褒められた莉子は、わざとらしくため息交じりに返す。

「もー莉子ちゃんたら……」

茉白が恥ずかしさをごまかすように小さく頬を膨らめると、莉子はイタズラっぽい笑みを浮かべた。

「真嶋さんのあの芸術的な絵を、素晴らしいラフに仕上げるすご腕デザイナーさんにも会ってみたかったけど」

「あはは……そうですね」

普段ならなにかひと言くらいは言い返す茉白だが、遙斗の目が見られず、ついそっけない受け応えになってしまった。

「写真で見るより五百倍くらいかっこよかったな～！　雪村専務！　オーラがやばい！」

展示会終了後の帰り道、莉子が目を輝かせた。

「あの後すごかったですね～！　来るお客さん来るお客さん、みんな『雪村専務はなにを見ていかれたんですか？』って」

「そうだったね」

シャルドンのバイヤーとしての遙斗がなにを見たのか気にする客もいれば、単純に遙斗が見たものを知りたいファンのような客もいた。

「この名刺、家宝にします！　なんかいい匂いするし～！」

「そんな……」

くんくんと名刺の匂いを嗅ぐ莉子に、茉白は驚いた後で苦笑いをした。

「でも、私わかっちゃいました！」

莉子が名刺越しに茉白をチラッと見て、目をキラッと光らせる。

「茉白さんて、雪村専務に恋してますね」

「えっ？　ないない！」

茉白は手のひらを必死で横に振って否定した。

「えーでも～、雪村専務と話してるときの茉白さん、なんかキラキラ～ってしてましたけど」

「莉子ちゃんだって見たでしょ、ネットの記事」

茉白の胸がまたチクッと痛む。

「あんなのいつものゴシップじゃないですか！　本当か嘘か怪しいですよ～」

莉子の言葉に茉白は首を横に振った。

「この間のパーティーで見かけたの。写真よりもずっと綺麗な人で、雪村専務ともすごく親しそうだった」

「えー？　そうなんですかぁ？　さっきは雪村専務もまんざらでもないって感じに見えたけどなぁ……」

莉子は先ほどの茉白と遙斗の様子を思い浮かべているようだ。

「とにかく、好きになったらいけない人なの。私だって身のほどくらいわきまえてるから。仕事で認めてもらえるようにがんばるって決めたの」

気丈な笑顔で言った茉白だが、その表情には切なさがあふれてしまう。それを見た莉子も同じような悲しげな顔になっていた。

＊＊＊

シャルドンエトワール本社の役員室。

「あーあ、今日も残業か。こんなんじゃ結婚前に振られるかも」

展示会から戻るなり、米良がボヤいた。彼には現在婚約中の恋人がいて、本来は結婚に向けた準備で忙しい時期だが、仕事の方も多忙でなかなか時間をつくれずにいた。

「お前が無理やり展示会に行くスケジュールをねじ込んだせいだろ。この忙しいときに」

来客用のソファに座って休んでいる米良を、執務机で早速仕事に戻っている遙斗が非難を込めたような目で見た。

「でも行ってよかっただろ？　アムゼルがロスカに近づいてるってわかって」

米良が先ほどまでとは違う真剣な声色で言った。

「……別に、俺たちには関係ないことだ」

冷静に見えて、遙斗の口調はどこか不機嫌だ。

「だから、そんな顔するなら遙斗も下の名前で呼ばせてもらえばいいだろ？」

「そんな話はしてない」

「『茉白さんのお父様と懇意にさせていただいていまして』とか言ってたよな」

米良は影沼の口調を真似た。

「コスメーカーのアムゼルが、雑貨が得意なロスカと組むのは自然な戦略だろ」

「思ってもないこと言うなよ」

「とにかく、今なにか起きてるわけでもないし、それがうちの利益にも不利益にもならないなら、よその会社のことに干渉するべきじゃない。米良もわかってるはずだろ」

「遙斗の機嫌が悪くなるなら俺にとっては不利益だけどな」

軽口を叩く米良を無視して、遙斗はパソコン画面のメールを確認する。

アムゼルについては、不正なビジネスをしているという不穏な噂がある。米良はそのことを示唆したのだともちろん遥斗はわかっているが、アムゼルがなにをしているのか、詳細は掴めていない。

ロスカに近づくのに、なんの企みもないとも思えない。遙斗はより多くの情報を集める必要があると思案していた。

# 第六章　不穏な風

　一週間後。ロスカ社内。

「え、影沼さんが？」

　茉白は縞太郎に、珍しく商談用の個室に呼び出されていた。

「ああ、少しうちの仕事にも関わってもらおうと思ってね。来週から週に何度か来てもらう」

「どうしてこんなに急に？　影沼さんはアムゼルのお仕事があるんじゃないの？」

　茉白には縞太郎の言っていることが理解できない。

「彼は常務取締役だから、毎日出社する必要はないんだよ」

「だからって……なんでよその会社の人がうちに来るの？」

　急な話に茉白は納得がいかず、不安な気持ちをこぼす。

「茉白だってわかっているだろう？　影沼さんは優秀で、うちが考えてこなかったようなコラボ企画を持ってきてくれる。それも毎回成功している。先週の展示会だって盛況だった」

「それはそうかもしれないけど……」

茉白は店頭展開や展示会での成功をすべてアムゼル側の功績のように言う縞太郎に違和感を覚えたが、言葉をのみ込んだ。企画自体を影沼が提案したのは事実だ。

「茉白、ロスカはもう何期も業績が下がり続けている。父さんは社長として、ここで影沼さんの知識を借りてテコ入れして、業績回復を目指したいんだ」

「コンサルタントみたいな立場ってこと？」

「まぁ、それに近いかもしれないな」

縞太郎の口ぶりから、影沼を呼ぶことは相談ではなく決定事項なのだと察した。

「それで、具体的には影沼さんになんの仕事してもらうの？」

茉白があきらめたように聞く。

結局ロスカは父の会社で、なにをするにも父に決定権がある。それを理解している茉白には、父の提案を受け入れるしかなかった。

「しばらくはロスカについて理解してもらうために、いろいろな仕事をしてもらうつもりだ」

縞太郎が言った。

（しばらくはって、長く働いてもらうつもりなの？）

「わかりました」

茉白は部屋を出た。

『ここで影沼さんの知識を借りてテコ入れして、業績回復を目指したいんだ』

（業績回復しそうって、思えてきたのにな。私と一緒にがんばるんじゃダメだったのかな……）

影沼と連絡を取るようになった縞太郎は、以前よりどことなく元気そうだ。それがまた、茉白を虚しい気持ちにさせた。


翌週。

「新人の影沼です。右も左もわからないような未熟者ですが、本日からどうぞよろしくお願いします」

未熟な新人は到底着られないような仕立てのいいスーツに身を包んだ影沼は、自己紹介で冗談を言って社員たちを笑わせた。

「しばらくは週二日程度でいろいろな部署の仕事を勉強させていただきますので、デスクはとくに必要ありません」

「社長にもそう言われていますけど、本当に大丈夫ですか？」

茉白が聞いた。

「私はあくまでもアムゼルの人間なので、信頼していただけるまでは身軽に動いてなんでもやるつもりです」

「あ……そう、ですか」

(もしかして私が警戒してるとか社長に言われてるのかな)

「じゃあ、ひと通り社内をご案内しますね。っていっても二フロアですけど」

オフィス内を巡る間、影沼は各社員に丁寧に挨拶をし、さまざまなことを茉白に質問した。

「ここで出荷まで行っているんですか?」

「はい。うちは今のところ、このオフィスだけで完結してます。アムゼルさんは外部倉庫でしたっけ?」

「そうです、郊外に。都心よりも広い倉庫が借りられるので経費削減になりますよ」

「そうですよね。ECサイトの出荷もそこからですか?」

お店などに向けた大量の出荷と、個人に向けたECサイトの出荷は、在庫管理の方法などが異なる場合が多い。

「ええ、在庫は別で管理していますけど、外部倉庫のスタッフに任せています。慣れると便利ですよ。ロスカさんも外部に委託してもいいんじゃないですか？」

「私としてはしばらくこのままがいいかなと思っています」

「なぜ？」

「ECサイトが最近好調なんですけど、季節ごとにお礼のお手紙を入れたり、おまけをつけたりしているんです。リピーターの方にも対応できるように社内で管理したくて。私もときどき手伝ってるんですよ。影沼さんもそのうち一度やってみます？」

茉白は楽しそうな表情で影沼を誘った。

「……ええ、ぜひ」

「影沼さん、すごくたくさん質問してくれますね」

「早く御社を理解したいので」

「そう言っていただけてうれしいです」

茉白は満面の笑みを浮かべた。

真剣にロスカを知ろうとしている影沼の様子を見て、茉白は少しホッとした。

影沼がロスカに来るようになって二週間ほどが過ぎた。

「影沼さんって、みんなから見てどんな感じ？」

茉白は莉子やデザイナーの佐藤、ほかの社員も誘ってランチに来た店で聞いた。

「想像よりずっと気さくな感じですよ。女子同士で話してても入ってきたり。冗談とかも言うし」

莉子が答えた。

「アムゼルの新商品のサンプルくれましたよ～」

別の社員がうれしそうにサンプルを見せた。

「ロスカにはあんまりああいうビシッとしたスーツの人がいなかったから、大人～って感じで結構新鮮だし」

また別の社員が言った。

ロスカは服装が自由で、親しみやすい雑貨を取り扱うようなメーカーのため、男性の営業も襟付きの服であればスーツでなくても許されている。

(社員のみんなにもなじんでるんだ)

茉白はまたホッとした。

「……正直私はちょっとだけ苦手です」

否定的な言葉を発したのは、佐藤だった。

「え、どういうところが？」

「悪い人って思ってるわけじゃないですよ……ただ」

佐藤は言葉を選ぶように話した。

「たとえば、私のパソコンの画面を見て『このデザインには何時間かかっているんですか？』って、時間のことを何度か聞かれて……。仕事だから時間も大事なのはわかってるんですけど、デザインってそれだけじゃないし」

「そっか、そうだよね。何時間も考えてもひらめかなかったのに、急にアイデアが浮かぶことだってあるもんね」

茉白は佐藤の言葉に理解を示す。

「でも、影沼さんに悪意とか深い意図はないんじゃないかな。デザイナーの仕事って営業と全然違うから、興味はあるけどどう聞いていいかわからなかったんじゃない？」

〝ロスカを理解したい〟という影沼の言葉を思い出しながら、茉白はフォローした。

それからも影沼はロスカでさまざまな仕事を経験した。

「茉白さん、今日は縫製工場に行くんですか？」

「はい」

「よかったら同行させてくれませんか？」

(工場まで見たいなんて、本当に熱心)

工場までは社用車で行くことになっていて、茉白が運転席に乗り込もうとしたところを影沼に止められた。

「え、私も運転できるから大丈夫ですよ？　いつも運転してますし」

「いやいや、女性に運転してもらうわけにはいきません」

茉白は影沼が仕事上で自分を女性扱いするのを少しだけ苦手だと感じている。もちろん重たいものを持つなど助けを求める場面はあるが、雑貨の営業業務そのものにはあまり性差は関係ないと思っている。とはいえ、影沼はよかれと思ってやっているのだろうと思うと注意もしづらい。

「茉白さん？」

「あ、いえ……じゃあお願いします」

「ロスカの縫製物は全部国内製造なんですか？」

運転席の影沼が聞いた。

縫製物というのは、コスメポーチやペンケース、財布など布や革、ビニール生地を縫って作る製品のことだ。

「できる限りこだわってはいますけど、全部ではないですよ。素材によっては海外でしかできないこともあるし、海外の方がクオリティが高いものだってありますから。でも国内で作った方が確実な納期のめどがつけやすいとか、いろいろな面で安心感はありますよね」

「うちも〝日本製〟にはこだわってます」

「そうなんですか？　この間のシャルドンさんのＯＥＭのハンカチのときも、先に受注していたポーチが日本製で質がよかったから好評で、ほかにもなにか……って、決まった話だったんです」

茉白はあのときのことを思い出して、気持ちが少し高揚する。

（最初の商談のときはどうなるかと思ったけど）

茉白は遙斗と初めて会ったさんざんな商談の日のことを回想し、懐かしさすら感じて思わず小さく笑ってしまった。

「どうかしました？」

「あ、ごめんなさい。ちょっと思い出し笑いしちゃいました」

「思い出し笑いですか……」

影沼は怪訝そうな顔になる。

「ところで、シャルドンさんとは長いんですか？」

「たしか取引が始まって十年くらいって言ってたかな。私は前任の樫原さんからしか知らないですけど」

茉白が答えた。

「へぇ、雪村専務は厳しい方だって知ってますけど、よく続いてますね」

「……厳しいですね、たしかに。最初は取引がなくなるかと思いました。でも、ただ厳しいだけじゃないってわかってからは商談も少ししやすくなりました。ダメ出しもいっぱいされますけどね」

「へぇ、ぜひ同席して商談の様子を見せてほしいな」

影沼はチラッと茉白の方を見る。

「え……」

茉白は遙斗と米良と自分の三人の空間に影沼が入ることを想像し、なんとなくためらいを覚えた。

「あの……一応他社の方なので、商談への同席はちょっと」

「そうですか」

茉白は気まずくなって窓の外を見た。

「あ、あそこのケーキ屋さんに寄ってもらえますか?」

窓の外を見ていた茉白が言った。

「ケーキですか？」

影沼はまた怪訝な顔をしたが、言われた通り車を停めた。

「お菓子代で領収書お願いします。株式会社――」

茉白が買ったのは箱入りの焼き菓子だった。

「工場へのお土産です」

茉白はニコッと笑った。

「工場からしたらロスカの方がお客様でしょう？　お土産なんていりますか？」

「まあ、金銭的なところだけ見ればそうですけど。今日はお礼も兼ねているので」

「お礼？」

「こんにちは」

「あ、茉白さん、こんにちは。いらっしゃいませ」

茉白は工場に着くとすぐにスタッフに挨拶をした。

工場長の綿貫（わたぬき）が茉白を出迎える。

「茉白さん、いらっしゃい」

「綿貫さん！　こんにちは。これ、よかったら休憩のときにでも皆さんで食べてください」

茉白は袋からお菓子の箱を出して綿貫に手渡す。

「いつもお気遣いいただいちゃってすみません」

「いえいえ」

綿貫は茉白のうしろの影沼に気づいた。

「そちらの方は？」

「最近うちとお付き合いのあるアムゼルさんという会社の、影沼常務です。影沼さん、こちらは工場長の綿貫さんです」

「初めまして、アムゼルの影沼と申します」

「『綿貫繊維工業』の綿貫です。よろしくお願いします」

「綿貫さんのところでは主にポーチを作っていただいてます」

茉白が紹介した。

「綿貫さん、この前のクリームソーダのポーチ、売り場でもすっごく人気だったみたいです！　いい物を作っていただいてありがとうございました！」

茉白は明るい笑顔でお辞儀をした。

「いやー、途中で発注数も増やしていただいて、こちらこそありがとうございます。

茉白さんと佐藤さんと、あれこれ悩んで考えたかいがありましたね」

綿貫も笑顔で返した。

「おかげさまで、シャルドンさんという大きな雑貨チェーンにたくさん発注いただけたんです。縫製が綺麗でファスナーもしっかりしてるって言ってもらえて。サクランボ柄の生地も、イメージ通りのものを見つけてもらえてよかったです」

「シャルドンは私でも知ってますよ。実は店頭でたくさん並んでいるのを見かけて、うれしくて買っちゃいましたよ。娘にプレゼントしました」

「えー本当ですか？　綿貫さんにならうちからプレゼントしたのに！」

茉白と綿貫の会話は親しげに盛り上がった。

それから茉白は影沼を連れて、綿貫から工場の設備や仕事の説明を受けた。

「今新作のポーチの企画もいくつか動いているので、また見積もりからお願いします。引き続きシャルドンさんに入れてもらえるようにがんばりますね！」

「佐藤さんにもよろしくお伝えください。茉白さんの絵をわかりやすい図に起こしていただいてありがとうございます、って」

綿貫が笑って言った。

「綿貫さんまで！　最近いろんな人に絵のことでいじられます……でも伝えておきま

すね」

挨拶と見学を終え、茉白と影沼は工場を後にした。

「茉白さんは工場の方とも仲がいいんですね」

「はい。とくに綿貫さんには縫製の方法とか、生地の種類とか、いろいろ教えてもらったので」

茉白は綿貫との思い出を振り返った。

「それは素晴らしいですね。……ただ、商談でもないのに工場訪問に時間をかけすぎですね」

「え？」

「いえ、アムゼルだったら、という感想です」

影沼は淡々とした口調で付け足す。

影沼の真意はわからないが、お菓子の件や時間の件での影沼の言動は、茉白からすると少々冷たくドライに感じた。

影沼がロスカで働くようになってひと月半が過ぎた頃、茉白はシャルドン本社に商談に来ていた。

茉白が待っていると、ドアが開く。先に入ってきたのは米良だった。

「こんにちは」

「こんにちは、茉白さん」

「あの、雪村専務は」

「急な電話で。すぐに来ると思いますよ」

茉白はいきなり遙斗の顔を目にせずに済んで、心の準備ができると少しだけホッとした。

「珍しく遅い時間のアポですね」

「今日は御社の商談が大荷物になってしまいそうだったので、直帰できるようにしました」

「悪い、待たせた」

遙斗が遅れて入室してきた。

入室した瞬間、茉白の方を見た遙斗が軽く微笑んだ。その顔につい心臓が音を立ててしまうが、婚約者の顔がよぎり、またすぐに痛みに変わる。心の準備など意味をなさなかった。

「こんにちは。よろしくお願いします」

それでも遙斗と米良に会える時間はどこか茉白を安心させた。ここのところ週二日、影沼と仕事をする中で端々に感じる価値観の違いに茉白は気疲れしていたようだ。

「今日は、以前にお話ししたレイングッズのサンプルをお持ちしました。傘は大きいので代表的な柄をひとつだけです。ほかの柄は必要があれば後日郵送の手配をします」

茉白は持参したキャリーケースを開けると、商談テーブルに傘やレインポンチョ、雨の日向けのバッグなどを広げた。

「前にもご説明した通り、雨の日は気持ちが沈んでしまう人も多いので大人も使いやすいスモーキーな色味で花柄を作りました。色はこちらの資料の通り、人気カラーをアンケートで調べて――」

茉白はいつものように説明する。

「うちもシーズンになったらレイングッズは売り場を拡大するから、カラーを選定して仕入れようと思う。過去の実績も悪くないし、見た感じどれも悪くないから全カラー展開してもよさそうだが」

遙斗はサンプル全体を見渡した。

「前回の企画説明のときにも気になっていたが、これだけのラインナップでなんで折り畳み傘がない？　作れないわけじゃないだろ？」

「うちではどちらかというと折り畳み傘の方が売れ筋だし、占有面積が少ないぶん展開がしやすいから、できれば同じシリーズで折り畳み傘を発売してほしい。またOEMのような形を取ってもいいし」

本来なら願ってもいないシャルドンからの提案だ。

「えっと……」

茉白が珍しく迷ったように答えを出せずにいる。

「前に言ってたプリント生地の発注の問題？」

「いえ、生地の発注はまだ間に合いますし、発注してしまってから使用する商品ラインナップや使用する割合をある程度変えることもできるんですけど……」

「けど？」

「ロスカは折り畳み傘が弱いっていうジンクスみたいなものがあるみたいで……社長や昔からいる社員が作りたがらないんです」

「ジンクス？　なんだそれは。くだらないな」

遙斗の言葉にはため息が交じる。

「弱いというのは具体的に？」

米良が聞いた。

「昔は何度か折り畳み傘も発売したらしいんです。でも毎回売れ残って、最終的に在庫をディスカウントショップに安値で引き取ってもらうようなことが続いたみたいで。傘となると金額が大きくてリスクも大きいので……」

「それはたしかに及び腰になりますね」

「いや、ロスカのデザインで何度もそんなことになるか？　当時はもっと奇抜な柄だった、とか？」

遙斗が不思議そうに聞いた。

「いえ、前に昔のカタログも見せてもらったんですけど、そんなことはなかったです。すごく小さくなる傘なんかも載っていて便利そうだったんですけど」

茉白も〝言われてみれば〟と、不思議に思った。

（よく考えたらたしかに折り畳み傘だけが突出して売れないなんておかしい。もっとちゃんと理由を聞くべきだった）

「とにかく、うちとしては折り畳み傘の製造を検討してほしい。うちにある程度の数量を納品できれば、リスクは抑えられるんじゃないか？」

「そうですよね。会社に戻ったら、昔のことをもう少しちゃんと調べて検討します。

ありがとうございます」

茉白はパソコンのメモに記入した。

「あの……」

茉白はレイングッズを片づけ終えると、バッグから雑誌を取り出した。二十代向けの女性ファッション誌だった。

「あれ？　その雑誌」

表紙を見た米良が反応する。

茉白は付箋が貼られたページを開いてふたりに見せた。

「ここにロスカの商品が載ってるんです。御社にも納めさせていただいたコスメポーチが、小さくですけど」

茉白は雑誌を出しては見たものの、指さした写真が会社で見たときより小さいように感じて、少し気恥ずかしくなった。

「へぇ、小さくてもメディアに出るのは宣伝になる。この雑誌のウェブ版にも掲載されてる？」

遙斗が聞いた。

「はい」

「この雑誌って、遙斗のインタビューも載ってる号じゃないですか？」

米良が言うと茉白はうなずいた。この本には〝イケメン御曹司〟としての遙斗のビジュアルにフォーカスしたような記事が載っている。恋愛観や休日の過ごし方などあたり障りのないインタビューと、シャルドングループのPRを兼ねたような内容だ。

「……覚えてないな」

「遙斗は自分が載った雑誌とか興味ないからな」

ピンときていない様子の遙斗に、米良があきれる。

「茉白さんは、遙斗も載ってるから持ってきてくれたんじゃないですか？」

米良はにっこり笑って茉白の方を見る。

「え！　えっと……」

遙斗も茉白の方を見た。

(米良さんってこういうところ、鋭いっていうか目ざといっていうか)

「……はい、同じ雑誌に載るってなんかちょっと……うれしくて……雪村専務はまるごと一ページで、ロスカはたったこれだけですけど」

茉白は照れくさそうに少し小さな声で言った。

遙斗は雑誌を手に取るとパラパラとめくった。

「ありがとう」

遙斗に優しい笑顔で言われると、茉白の心臓がキュッと音を立てる。婚約者のいる遙斗にとっては意味のない笑顔だとわかっているのに。

「最近この手の取材が多かったからよく覚えていないが、なんとなく思い出してきた」

「本当かよ」

（雪村専務にとってはよくある雑誌の取材のひとつ……かもしれないけど……）

茉白にとっては、雲の上の遙斗と自分の会社の商品が同じメディアに掲載されたことが特別に感じられた。

「女性誌の取材も受けるんですね。経済誌だけかと思ってました」

茉白は遙斗のページをすでに何度も何度も読み返していた。

「ファッション誌はターゲットの客層と合うから、企業イメージが落ちるようなものでない限りはできるだけ受けるようにしてる」

「でも聞かれるのは〝結婚観〟〝好きな女性のタイプ〟〝好きな女性のファッション・髪形〟みたいなことばっかりですけどね」

遥斗の淡々とした答えに、米良が付け加えた。

（……でもたしかにそこは気になる）

「遙斗が面倒がるから、答えは私があたり障りのないようなものを考えていますが」

「え！」

米良はなんでもないことのように言ったが、茉白は驚いて思わず声を漏らす。

「茉白さん、もしかしてこの内容を間に受けてました？」

米良が意地悪な笑顔で聞くと、茉白は首をぶんぶん横に振る。

「う、うちの会社の女性たちが真剣に見てたので……！」

茉白が必死にごまかすように言うのを見て、米良は眉を下げて笑った。

「米良、そろそろ出る時間じゃないか」

遙斗が時計を見た。どうやら米良はこの後用事があるようで、遙斗を残して退室してしまった。

急にふたりにされ、茉白は話題を探す。

「インタビューって米良さんが適当な内容で答えてしまって、婚約者の方が悲しんだりしないんですか？」

話題が見つからず、つい聞きたくもない婚約者の話を振ってしまった。途端に遙斗が怪訝な表情をして、茉白は完全に話題選びを間違えたと後悔する。

「婚約者？　もしかして、ネットに出てたメアクロのリリーの話？」

「な、なんでもないです！」

オフィシャルではない記事の内容で話題を振ってしまった失礼さと、遙斗の口からはっきりと聞きたくないという気持ちで、茉白は話題を終えようとした。

「パーティーの後から前とは違うよそよそしさがある気がしていたけど、それが原因か」

茉白は押し黙っている。

しばらく続いた沈黙を破るように、遙斗がため息をついた。

「少し話そう。送っていく」

「私、会社に戻らないといけないので」

もう十九時を回っている。

「直帰って言ってるのが聞こえた。荷物も重いだろうから送らせてもらいたい」

頼まれるように言われてしまうと断るわけにもいかない。茉白は重い足取りで遙斗の後をついていった。

来客や一般従業員が止めるのとは別の駐車場に、車に詳しくない茉白でもメーカー名を知っている高級そうな外車が止められている。遙斗が助手席のドアを開けた。

「乗って」

茉白は促されるまま助手席に乗り込む。

「雪村専務って運転されるんですね」

五分ほど走ったところで茉白が口を開いた。

「いつも米良が運転してるからイメージにない？」

「はい、正直……」

「仕事のときは対外的なこともあるから運転しないが、プライベートではよく運転している」

（じゃあ今はプライベート……？）

茉白の心臓が小さく脈打つ。

「真嶋さんも運転するんだよな？」

「あ、はい……運転は結構好きです。私は逆にほとんど仕事でしか乗らないです」

「今運転してみる？」

「え、無理です！　こんな高そうな車！」

「冗談だよ。そんなに緊張している人間の車にはさすがに怖くて乗れない」

遙斗は笑って言った。

（婚約者の人とも……）

「『例の婚約者ともドライブに行ったりしてるのか』なんて想像されてそうだけど」

図星を突かれてドキッとする。

「あんな記事、嘘だから」

「え？」

「メアクロのリリーは、米良の婚約者だ」

茉白は驚いて言葉を失った。

「あの記事に書かれてたレストランには米良もいて、結婚に関連するスケジュールの相談を受けていただけだ。なのにあんなふうに書かれて、米良の機嫌が悪くなって大変だったんだ。今日もリリーと打ち合わせに行ってる」

「そうだったんですか……」

茉白は全身から力が抜けるのを感じた。

「あの記事のせいで元気がなかったと思っていいのか？」

茉白がホッとしたような表情を浮かべていたのか、遙斗が聞いてくる。

「そ、そういうわけでは……」

茉白は否定しようとするが、赤面してしまい口ごもる。

「素直じゃないな」

遙斗は小さくつぶやいた。

そうこうしている間に車は茉白の家の近くに到着し、茉白はお礼を言って車のドアを開けようとした。

「ちょっと待った」

「はい？」

「真嶋さんには知っていてほしいんだけど」

遙斗が茉白を見つめ、そのまっすぐな瞳に茉白はとらえられてしまう。

「俺は、なんとも思っていない子を車に乗せたりしないし、触れたいとも思わない」

茉白の心臓は先ほどから早鐘を打ち続けている。

「えっと……あの」

茉白は甘い空気を感じているが、相手がシャルドンの専務だということを思い出す。

〝釣り合わない〟という言葉が脳裏をよぎる。

「あ、あの、送っていただいて……ありがとうございました！　おやすみなさい」

そう言って急いで車のドアを開けた。遙斗は残念そうにため息をつく。

「荷物。忘れてる」

遙斗も車から降りると、後部座席からキャリーケースを下ろして茉白に渡した。

「今度こそ、おやすみなさ——」

茉白が言いかけたタイミングで、茉白は遙斗にそっと抱き寄せられる。

「おやすみ」

耳もとでひと言だけささやくと、遙斗はすぐに茉白を解放した。

一瞬の出来事に、茉白は全身が心臓になってしまったかのようにバクバクと鳴る鼓動の音だけしか耳に入らなくなってしまった。

そんな茉白とは対照的に遙斗は平然とした表情で、もう一度「おやすみ」と言うと車に乗り込んだ。

茉白は家までのほんの少しの距離を歩くにも、足に力が入らなくなってしまった。

# 第七章　結婚相手に必要なこと

遙斗の婚約がデマだとわかった翌日の夜。

茉白は縞太郎に呼ばれ、リビングのソファに座っていた。

最近こういうときは決まってあまりよくない話なので、茉白はつい身構えてしまう。

「なに？　大事な話って……会社のこと？」

「会社のことでもあるし、茉白のことでもある」

縞太郎の口ぶりには若干の重苦しさを感じた。

（私のこと？）

「影沼君なんだが」

「影沼さん？」

なんとなく、不安な気持ちになる名前だ。

「ああ。影沼君のことはどう思う？」

「どうって……仕事はできるっぽいよね。社内にもなじもうと努力してくれてるし……悪い人ではないんじゃない？」

茉白はあまり関心のない様子で答えた。

「嫌ってはいないと思っていいのか？」

「え……うん、まぁ」

嫌うほどよく知らない、というのが本音だ。

「それなら茉白、影沼君との……結婚を考えてみてくれないか？」

茉白の頭には縞太郎の言葉がすぐには入ってこなかった。

（ケッコン……）

「え！　結婚⁉」

茉白の声に、縞太郎はうなずく。

「え、ちょっとなに言ってるの？　急にそんな……」

縞太郎の言葉を理解した茉白は、驚き、慌て、全身の血の気が引くのを感じた。

「茉白は急だと思うかもしれないが、影沼君からはずっと打診されていたんだ」

「ずっと……？」

「どうも、例のパーティーで会ったときから、茉白を気に入ってくれていたようだよ」

縞太郎はどこかうれしそうに微笑んでいる。

（だとしても……どうして自分で言わないの？）

「好きな相手でもいるのか？」

縞太郎の質問に、いつか影沼に聞かれたときと同じように遙斗の顔が浮かぶ。

「……いない、けど」

「なら……」

突然の話に、茉白の頭はまだ混乱していた。

「ごめん、もう部屋に戻るね」

「影沼君は、うちの経営を立て直すサポートを申し出てくれている」

部屋に戻ろうとする茉白の背中に縞太郎が言葉をかける。

「悪い話じゃない」

「それは……」

茉白は振り向かずに立ち止まると、そのまま続けた。

「私にとって？　それとも……会社にとって？」

「両方だと思ってる」

「……おやすみなさい」

茉白は自室に戻りドアを閉めると、気持ちを落ち着かせるように深いため息をつく。

「なにそれ……」

ベッドに入ってからもモヤモヤとした不安な気持ちが込み上げてしまい寝つけず、昨夜の幸せなドキドキがすっかり消えてしまうような息苦しさだった。

「茉白さん」

翌朝、会社のエレベーター前で影沼が茉白に声をかけた。

「おはようございます」

「……おはようございます」

茉白はつい、不審そうな表情で影沼を見てしまった。

「そんな顔しないでください」

影沼は困ったように笑った。

「縞太郎さんから聞きました。私の気持ちを伝えてしまった……と」

茉白はどう答えたらいいのかわからない。

「茉白さん、今日仕事の後でお時間いただけませんか？」

「……はい」

茉白はこの場で即座に断ってしまいたいくらい、結婚する気はない。しかしそれではさすがに影沼に失礼なことはわかっているので、食事の席で断ろうと決めた。

仕事が終わると影沼は自分の車に茉白をエスコートした。

今朝の口ぶりからして今日の出勤前には縞太郎から影沼へ、昨夜の茉白との会話の内容が伝わっていたようだ。ふたりがそうやって親密にやり取りをしているのが、茉白には不審でたまらなかった。

影沼が茉白を連れてきたのは高級フレンチだった。茉白はかろうじてジャケットにワンピースという服装だったため、今日は影沼の提案に応じることにした。

テーブルに着くと茉白はとくに好みを伝えず、オーダーはすべて影沼に任せ、最低限の会話で済ませるようにした。

茉白の前に置かれたグラスに白ワインが注がれたが、茉白は乾杯などする気になれない。

「そんなに警戒しないでください」

「警戒してるわけじゃなくて……」

「縞太郎さんを通してお伝えしてしまったことが、不快な気持ちにさせてしまった」

影沼が炭酸水の入ったグラスを手にしながら言う。

「違いますか？」

「……違わないです」

「本当は直接言うつもりだったんですが、私がなかなか切り出せずにいるのが縞太郎さんにはもどかしかったんでしょうね」

「正直、あまりピンとこないというか……本当に私に対してそういう気持ちがあるんですか？」

茉白は影沼の目を見ずに尋ねた。

「前に言ったでしょう？　気になっている女性がいるって」

茉白は、以前に食事をしたときに影沼が言っていたことを思い出した。

「じゃあパーティーのときに、っていうのも……本当なんですか？」

「ええ。あの会場で茉白さんはとても輝いて見えました」

「それは――」

茉白が輝いて見えたとしたら遙斗のせいだ。あの日のことを思い出すと、どうしても胸が高鳴ってしまう。

「否定されていましたけど、茉白さんには好きな方がいるんじゃないですか？」

また遙斗の顔を思い浮かべた。

「いませ――」

茉白はまた否定しようとした。

「茉白さんに好きな相手がいてもかまいませんよ」

「え……」

「私は、恋愛ではなく結婚の話をしています。そのお相手の方は結婚相手にふさわしい方ですか？」

（結婚相手にふさわしいか？　そんなの……）

茉白は首を横に振った。

結婚もなにも、立場が違いすぎる。遙斗がふさわしくないのではなく、自分がふさわしくないと茉白は思う。

「気持ちは後からついてくればいい、私はそう思っています。私は茉白さんもロスカも守っていきたいと思っています」

「ロスカも……」

すぐに断るつもりだった茉白だが、影沼の真剣な目を見て、なかなか言葉が出なかった。

「せっかくなので食事をしましょう」

黙ってしまった茉白に影沼が提案した。

「……はい」

茉白は力の入らない顔で弱々しい愛想笑いをした。

食事を終えると、影沼は茉白を家まで送り届けた。

門の前で、茉白は影沼に話の続きを切り出す。

「影沼さん、すみません。やっぱり私はあなたとは――」

「待ってください」

影沼が、断ろうとする茉白を止める。

「なにも今日返事をする必要はないじゃないですか」

「え？」

「もっと私の働きぶりなどを見て、会社のことを考えてお返事をください」

影沼がまた困ったような笑顔を見せる。

「じゃあ……はい……もう少しだけ考えてみます」

茉白の頭には縞太郎の顔が浮かんでいた。

茉白はベッドの中で、影沼からのプロポーズのことを考えていた。

（ロスカを守る……）

影沼と結婚すれば両社の結びつきが強くなり、ロスカは今までやってこなかったコスメ関連事業に進出するなどして業績を伸ばしていくことが期待できる。

（でも……影沼さんと結婚してる自分が想像できない。それに……）

釣り合わないとは思っていても、どうしても遙斗の顔が浮かんでしまう。

『俺は、なんとも思っていない子を車に乗せたりしないし、触れたいとも思わない』

あのときの遙斗の目が頭に焼きついて離れない。思い出しただけで全身がキュンとする。

ときめいて期待してしまう心を、釣り合わないと理解する頭が必死に抑えつける。

頭では、縞太郎が影沼との結婚を望んでいることも理解しているはずなのに、簡単には受け入れられず葛藤する自分の心に戸惑うばかりだった。


その週の木曜日。

「米良さん、お世話になっております。真嶋です」

『茉白さん、どうされました？』

茉白は米良に電話をかけた。ここ最近は遙斗に仕事の電話をするのもずいぶん慣れたが、先日の彼とのこと、そして影沼とのことが重なりなんとなく気まずさを覚え、この日は米良に連絡を入れた。

「先日の商談でお渡しできなかった傘のサンプルなんですけど」

『郵送していただく分ですね』

「今日、営業でそちらの方を回るので、私が直接お届けしようかと思います」

『え、茉白さんが担いで来るんですか？』

「そんなわけないじゃないですか、車でお伺いします。受付の方にお渡しすれば大丈夫ですか？」

茉白は電話口でクスクスとおかしそうに笑った。

『お時間を教えていただければ、私が直接受け取りますよ』

「本当ですか？　ありがとうございます。では、後ほど」

茉白は電話を切り、社内のホワイトボードにシャルドンに立ち寄る予定を書き込む。

「茉白さん、今日の営業、同行させていただいてもいいですか？」

そう言ったのは影沼だった。

「え……」

急な申し出に茉白は少しためらったが、縞太郎からは影沼の一日の仕事内容は影沼に自由に決めさせろと言われている。

「わかりました」

今日は影沼に制止される前に、茉白が社用車の運転席に乗り込んだ。

「いくつか営業先を回ってから、最後にシャルドンさんに立ち寄って荷物を届けて会社に戻ります」

「シャルドンさんは商談ではないいんですね」

影沼はどことなくがっかりしたようだった。

「こんにちは～」

「あ、真嶋さん。こんにちは」

茉白はシャルドンに行くまでに小さな雑貨店やチェーン系の店舗などを回り、売れ行きの確認をしたり新商品の受注をしたりと営業活動に集中する。

その間、影沼はニコニコと愛想よく付き添い、ときにアムゼルの名刺を出してロスカとの店頭での展開の提案などをした。

「店頭展開の提案ありがとうございます」

「いえ、うちの利益にもなりますから」

（仕事には本当にすごく熱心だよね）

シャルドンに着き、受付を済ませた茉白と影沼がエントランスホールで待っていると、米良がやって来た。

「こんにちは、茉白さん」

「米良さん、こんにちは」

「……と、アムゼルの影沼常務？　ご一緒ですか？」

影沼に気づいた米良が不思議そうな顔をする。

「……最近少し、うちの仕事をお手伝いいただいてて」

茉白はなんとなくバツの悪さを感じた。

「へぇ……」

「先日の展示会ではご挨拶しかできず、申し訳ありませんでした」

影沼が軽く頭を下げる。

「いえ、あれはこちらの都合でしたので」

米良はあまり気に留めていないといった表情だ。

「これらが傘のサンプルです。できれば全種類ご注文お待ちしています！」

茉白は笑顔で言った。

「では、そのように雪村に伝えておきますね」

茉白は米良が遙斗を〝雪村〟と呼んだことに違和感を覚えた。秘書として対外的にはそれが普通だが、普段は茉白の前では親しみを込めて〝遙斗〟と呼んでいる。それになんとなくピリッとした空気を感じるが、理由まではわからない。

「あ、そうだ。今日は資料もお持ちしてて」

茉白がバッグからクリアファイルを取り出した。

「昔のレイングッズのカタログです。先日お話しした、売れなかった折り畳み傘が載ってます」

「へぇ、後で雪村に渡します。売れなかった原因は、なにかわかりました？」

「社内で聞いてみたんですけど、どうも形が特殊だったのが原因じゃないかって。なので、シンプルな形の折り畳み傘なら製造できそうです」

「そうですか。それも伝えておきますね」

「はい。よろしくお願いします」

茉白はペコッと頭を下げ、エントランスに向かった。

ふと、女性社員が噂話をしている声が耳に入る。

「なんか雪村専務が今日会う商談相手って、お見合いも兼ねてるって噂だよ」

「え、今日の商談って『輝星堂（きせいどう）』じゃなかった？　超大手じゃん。もし結婚なんてことになったら、お互いのビジネスにプラスしかないんじゃない？」

　輝星堂はコスメの最大手メーカーだ。

「さすが、大手企業の御曹司ともなるとすごいですね」

　一緒に噂を耳にした影沼がつぶやいた。

「そうですね」

（いつかはそういう誰かと結婚するんだよね。いつか、が今回かもしれないし。きっと……会社のためになる人と）

『俺は、なんとも思っていない子を車に乗せたりしないし、触れたいとも思わない』

（あんなふうに言ってもらっても……私にはシャルドンのためになるものがなにもない。そもそも、よく考えたら好きってはっきり言われたわけでもないし、勘違いの可能性が高い気がしてきた。……会社のための結婚、か）

＊＊＊

　十八時、シャルドンエトワール本社・役員室。

「おつかれ。どうだった？　〝商談〟は」

社に戻ってきた遙斗に米良が声をかけた。

「社長が俺抜きでっていう商談は見合いを兼ねてるって、社内中にバレてるよ」

「別に。いつも通り」

「……だとしても、いつも通りだ。社長も本気で見合いさせたいわけでもなさそうだし。輝星堂はこれまで通り一取引先のまま」

「この手の話がきすぎて、取引先にカドが立たないように断るのが面倒だからさっさと結婚してほしい……とは言ってたけどな」

遙斗はウンザリという顔をしている。

「あれ？　その傘」

遙斗が部屋の隅に置かれたカラフルな傘に気づいた。

「今日、茉白さんが届けに来てくれたよ」

「そうか」

「アムゼルの影沼常務と一緒に」

涼しい顔をしていた遙斗の表情が曇る。

「影沼が？　どういうことだ」

「ロスカの仕事を手伝ってるって言ってた。遙斗がそんな顔するなんて珍しいな」

いつも自信に満ちあふれている遙斗の表情に、わずかではあるが不安や焦りが見られる。

「本当は自然な事業戦略だなんて思ってないんだろ？」

「……前にも言っただろ、自然だろうが不自然だろうがシャルドンが介入することじゃない」

「シャルドンじゃなくて、雪村遙斗としてなら？」

食い下がる米良に、遙斗はため息をつく。

「……俺は生まれたときからシャルドンの雪村遙斗だよ」

米良は、やれやれという顔をした。

「これ、茉白さんが置いていった資料。売れなかった折り畳み傘だって」

「ああ、例の……」

遙斗は茉白が置いていったロスカの古いカタログをめくった。しばらく無言でカタログを眺めていた遙斗の手が止まる。

「米良、ちょっとこれ見てくれ」

遙斗は米良にもカタログを見せた。

# 第八章　釣り合わない

　シャルドンに傘を届けた翌日。

「茉白さん、なんか今日……なんか……」

　莉子が茉白をジッと見る。

「えっ、な、なに」

　茉白は莉子の視線にたじろいだような反応をする。

「なんか綺麗っていうか……服装にちょっと気合い入ってません？　ピアスもいつもより高そうなやつ、メイクも」

「今日はちょっと……仕事帰りに用事があるから」

（莉子ちゃんも目ざといな）

　昨夜、帰宅後に遥斗から連絡があった。

『えっ』

『急で申し訳ないんだけど、明日の夜空いてたら食事でもどうかと思って』

　遥斗からの突然の電話というだけでも茉白の鼓動が速くなるというのに、食事の誘いだったので、茉白は心臓が耳についているのではないかと思うくらい大きな心音を感じていた。

『え、えっと……？』

『ワニのお礼がずっとできてなかったから』

『でもあれはモデル料って……』

『あれからよく休めてるから、そのお礼』

(デートってこと？　だったら)

茉白はこれ以上遙斗に近づくのは自分の気持ちが危険だと感じ、断ろうと決めた。

『一応言っておくけど、米良もいる』

『そうなんですね。明日、大丈夫です』

ふたりきりではないとわかって安心しつつも、ついがっかりしてしまう。

そんなわけで、今日の終業後は遙斗と米良との食事会だ。

「えーそれってもしかして、デート？」

莉子が声のボリュームを落として言うと、茉白は焦って首を横に振った。

「た、ただの用事！」

そんな様子を見ていた縞太郎が、商談ルームに茉白を呼び出した。

「なんですか？　話って」

茉白は不審そうな顔で身構える。

「その……今日の用事っていうのは……影沼君か？」

どうやら縞太郎は、茉白が影沼とデートをすると思っているようだ。

「違うけど」

茉白の答えに、今度は縞太郎が怪訝な顔をする。

「そういう相手はいないんじゃなかったのか？」

「なにそれ……なんでデートって決めつけてるの？」

茉白はあきれたようにため息をついた。

「シャルドンの雪村専務と秘書の米良さんと。ただの仕事の延長の食事会です」

「シャルドンの専務？」

意外な人物の名前だったのか、縞太郎は驚いたような顔をする。

「雪村専務が……それに米良さんも、うちの商品を気に入ってくれて、気にかけてくれてるの。今だって、傘のことで――」

「雪村専務に特別な感情があるのか？」

縞太郎の言葉に、茉白の目もとが苛立ちで微かにピクッと反応する。

「……ないよ」

茉白は不機嫌な声色で答える。

「でも、あったらどうだって言うの？」

「茉白、私はお前に幸せになってほしいと思っているよ」

「それって、要するに影沼さんと結婚しろって言いたいんでしょ？」

茉白はあきれたままの口調で吐き捨てた。

「ロスカの経営はお前が思っている以上に厳しい状況だ。会社がつぶれてしまえば、お前の生活も保証してやれない。影沼君は、うちの経営ごと引き受けてくれると言っているんだ」

（自分の生活くらい自分でなんとかするのに……）

「お前では雪村専務とは釣り合わない」

縞太郎は諭すように言う。

「そんなこと、言われなくてもわかってるよ。相手にされるわけないいじゃない。それなのに余計な心配しちゃってバカみたい」

「茉白……」

「とにかく、今日の食事会に深い意味なんてないから。服装だって……仕事相手の、ましてや目上の人に失礼のないようにしただけだから」

　茉白はそう言うと商談ルームを後にした。

「社長の……お父さんの気持ちもわかってるから」

　部屋を出る間際、茉白は縞太郎に背中を向けたまま言った。


　十九時。

　茉白は仕事を終えると、遙斗と決めた待ち合わせ場所に向かった。しばらく待っていると、先日家まで送ってもらった際にも乗った、遙斗の愛車が目の前に止まった。

　茉白がキョトンとして眺めていると、運転席から姿を現したのは遙斗だった。

「お待たせ」

「あれ？　雪村専務が運転してきたんですか？」

「そうだけど」

「米良さんは……？」

「ああ、言い忘れた。リリーに呼び出されたから来られないって」

「え！」

　米良もいると思っていた茉白は驚いた声を出す。

「ふたりきりはまずかった？」

「ぜ、全然、私は……ゆ、雪村専務こそ……」

本音を言えば、茉白にとってはまずい状況だ。一瞬にして肩に力が入る。

「俺も全然。とりあえず乗って」

遙斗は笑った。

（結果的にお父さんに嘘ついたみたいになっちゃった……）

「とくに店は決めてないんだけど、なにか食べたいものある？」

「え、えっと……」

「また眉が八の字になってるな」

遙斗が笑って茉白の緊張を指摘すると、茉白はパッと眉を押さえた。

「す、すみません……がんばります」

茉白の心臓は落ち着かない音を立て続ける。

「がんばらなくていいけど、食べたいものは？」

「あの、前に連れていっていただいた居酒屋さん、がいい……です」

「そんなに綺麗な格好なのに？」

ナチュラルに褒める遙斗に、茉白は頬を熱くする。

「ちょっと不本意だけど、真嶋さんが落ち着くならあそこにしようか」

しばらくして、茉白はふたりきりの車内にも少しだけ慣れてきた。

「あ、これ……私の好きな曲です」

茉白が車内に流れる音楽に反応する。

「この曲が使われてる映画は観た？」

「はい。っていうより映画がきっかけで曲も好きになって」

茉白がだんだんリラックスした様子を見せるようになると、遙斗も安心したように口もとを綻ばせた。

居酒屋に着くと、前回と同じ個室に通された。

車内ではだいぶリラックスしていた茉白だが、また少し緊張の色を強める。

「俺は今日は飲めないけど、真嶋さんは好きに飲んで。ちゃんと送っていくから」

「あっ、そうですよね。すみません」

（ここおいしいけど、雪村専務が飲めないならもっと料理が豪華なお店にしてもらった方がよかったかな。しかも前回は米良さんが全部完璧にやってくれたんだった……）

「またなにか余計なこと考えて緊張してるな。今日はお礼なんだから全部真嶋さんの希望でいいし、変な気も回さなくていい」

（私の表情ですぐ気づくんだ。本当に気遣いがすごい人）

「ワニ、使ってくれてるんですね」

乾杯をすると、茉白が聞いた。

「ああ。いつも持ち歩いてる。今も車にある」

「え、それはちょっと……かわいすぎませんか」

茉白が思わずこぼすと遙斗は「あまりうれしくない」と言って笑った。

「でも、休めてるって言っていただけてホッとしました。発売したらいっぱい注文いただけそうですね」

茉白はイタズラっぽくニコッと笑った。

「真嶋さんは？　クマを作るような働き方はもうしてない？」

茉白は今度は目の下を押さえた。

「雪村専務のアドバイスで、頼れるところはみんなに頼るって決めたので……最近は八時出社で二十時退社になりました。なのでクマは大丈夫……なはずです」

「まだ長い気がするけど、改善してるなら成長だな。ところで、最近アムゼルの影沼常務がロスカを手伝ってるって？」

遙斗に聞かれ、茉白の心が小さくギクッと音を鳴らす。

「……はい、父が影沼常務をすごく気に入っていて」

「へぇ」

「たしかに私が知らない営業の知識なんかも持っていらっしゃるので、一緒に働いていると勉強にはなりますが……けど」

「なにか気になることでも？」

遙斗は茉白の表情からなにかを感じ取ったのか、茉白の方をジッと見た。茉白は遙斗の視線を感じて、緊張とときめきが入り混じる。

茉白は影沼にときどき感じる自分との考え方の違いや、縞太郎とのどこかコソコソとした親密さが気になっている……が、それを遙斗に相談するべきではないと思った。ましてや結婚のことなど、絶対に言えない。さまざまな点で気遣いを見せてくれる遙斗に、自分の会社のことでこれ以上気を使わせたり迷惑をかけたりしたくない。

「いえ……大丈夫です」

「そうか」

遙斗が仕事のことを聞いたのはそこまでだった。

それから彼は茉白の趣味や好きなものを聞いたり、自分の話をしたりした。

気さくに話してくれて、気も使ってくれる遙斗と話していると、個人的な付き合いを深めていると錯覚してしまうが、茉白は必死に否定した。

『お前では雪村専務とは釣り合わない』

（そんなの、私が一番わかってるよ……）


「あの、今日もごちそうになってしまって……ありがとうございました」

食事が終わり、茉白はお礼の言葉を伝える。

「今回はこちらのお礼だから。次は真嶋さんにごちそうになろうかな」

〝次〟という言葉に、茉白の胸が高鳴る。

「が、がんばります……あんまり高いお店とかは無理ですけど」

「冗談だ」

（なにが冗談？　私にごちそうになるのが？　それとも〝次〟があることが？）

「もう少し時間大丈夫？」

「え……はい」

「じゃあ、ちょっと酔いざましに行こうか」

遙斗は行き先を告げずに茉白を連れ出した。

待ち合わせをした時間よりも夜が深くなり、窓の外の景色が幻想的に流れる。

(こんなふうに雪村専務の運転でドライブしてるなんて信じられない……)

ほろ酔いの茉白の頭は、先日の送迎ドライブとは違う、夢を見ているような心地よさを感じていた。

しばらく車を走らせた遙斗が車を止めたのは、高台の展望公園だった。

遙斗は慣れた仕草で茉白の手を取り、車から降ろしてエスコートする。茉白は遙斗に街の夜景が一望できる見晴し台に案内され、彼の隣に並んで立った。

(こんなの……勘違いする)

茉白の気持ちが夜風にくすぐられて、また速い鼓動を奏でる。遠くから車のクラクションやエンジン音、木々の騒めく音が聞こえてくる。

「案外人がいなくて考え事するのにいいんだよな、ここ」

「考え事……ひとりで来るんですか?」

茉白の質問に、遙斗は微笑んでうなずいた。

「米良も知らない」

茉白の胸がいっそう高鳴る。

(どうして私を……)

「影沼常務と、本当はなにがあった？」

遙斗が茉白の目を見すえた。

「え……」

「さっき聞いたとき、なにか考えただろ？」

茉白はまた考えるように間を空けてしまう。

「俺には言えないこと？」

「えっと……」

遙斗に言うべきかどうか、茉白は迷う。しかし、家族である縞太郎にも、ロスカの社員の莉子にも相談できずに悩んでいたので、誰かに聞いてほしい気持ちがあった。

「結婚を打診されています」

茉白はなんとなく遙斗の目を見られずにうつむいた。

「断ろうとしたんですけど慰留されていて……正直迷ってます」

茉白の口ぶりが重くなる。

「ロスカのためには影沼さんと結婚した方がいいってわかっているので……」

「ロスカのために結婚するのか？」

遙斗からその質問をされるとは思わなかった。

「雪村専務だって、いずれシャルドンのために結婚……されるんじゃないですか？」

茉白は遙斗の顔を見た。

「周りはそう思ってるみたいだけど、俺はそんな気はない」

「え？」

「そこまで会社に人生を懸けたら、仕事が嫌いになるんじゃないか？」

遙斗はあっさりとした口調で言った。

「そんなことに左右されて存続できなくなるような会社なんて、それまでだろう」

「でもロスカは……それに父も……」

茉白はまたうつむいてしまう。

「さっき〝頼れるところはみんなに頼る〟って言ってたけど……俺には頼れない？」

「え……」

思いがけない遙斗の言葉に茉白は一瞬驚いて遙斗の方を見たが、すぐに下を向いて首を横に振った。

「頼れないです。資金援助していただくにしてもシャルドンにメリットがなさすぎるって私でもわかります。ご迷惑はおかけできません」

「会社としてじゃなくて、ひとりの男として、だとしたら？」

「え？」

茉白はまた遙斗の方を見た。

「もう、わかってるだろ？　俺の気持ちは」

遙斗がまっすぐ茉白を見つめる。

茉白の耳には自身の心臓の音だけが響いている。

「え……と……」

戸惑う茉白の目を遙斗が見つめる。

「ゆ、雪村専務は、シャルドンの専務ですよ？」

「知ってるよ」

「だったら、そんなのダメだってわかるはずです」

「さっきも言ったけど、俺は会社のために自分を犠牲にするようなことはしない」

「でも……」

茉白の頭には遙斗の結婚の噂をする社員たちの姿や、縞太郎の言葉が浮かんでいた。

『お前では雪村専務とは釣り合わない』

茉白は目を逸らせないまま困り顔で黙り込んでしまった。

「帰ろうか」

茉白の様子を見た遙斗は、困ったような表情で優しく笑った。

帰りの車で、茉白は先ほどとはまったく違う表情で窓の外を眺めていた。まともに遙斗の方を見られず、無言でいることしかできない。心臓の音だけが茉白の耳に鳴り響き続けている。

車を茉白の家の近くに止めると、遙斗がドアを開けて茉白を降ろした。

「お食事……ごちそうさまでした。おやすみな――」

なるべく早くこの場を立ち去ろうとする茉白を、遙斗がグイッと引き留めて抱きしめた。

「あ、あの」

「嫌だったら、振りほどいてくれていい」

遙斗の匂いを間近で感じて、茉白の鼓動が一段と速くなる。憧れている遙斗に抱きしめられて嫌なはずがない。

遙斗が茉白の顔をクイッと上に向かせ、そっと唇を重ねる。

「ん……っ」

何度かついばむような優しいキスを繰り返し、徐々にキスが深くなる。視線が絡み、茉白は遙斗の腕にすがり、応える。とろけてしまいそうな茉白の頭に、また縞太郎の言葉がよぎる。

『お前では雪村専務とは釣り合わない』

茉白はハッとして、遙斗の胸をグッと突き放すように押した。

「ダ、ダメですっ」

「なぜ？」

遙斗は真剣な目で茉白に問う。

「だってやっぱり、あなたはシャルドンの専務で」

「関係ない」

「関係ないと思ってるのは雪村専務だけです」

遙斗の眉間にムッとしたようなシワが寄ったのを見て、茉白は内心慌てる。

「それに……その、信用できないです」

「信用？」

遙斗は怪訝な顔をする。

「こんなのなにかの間違いで、遊ばれてるだけだとしか思えません」

「俺は遊びで手を出したりしない」

「とにかくもうこれ以上、仕事のこと以外で私にかまわないでください」

茉白は遙斗を見ずにペコッと頭を下げると、足早に家へと向かった。

茉白は帰ってからも遙斗のことばかり考えていた。

『俺は遊びで手を出したりしない』

(そんな人じゃないってわかってる。だけどやっぱりあの人はシャルドンの雪村専務で……シャルドンの将来を背負っている人。これ以上、気持ちが大きく、深くなったらいけない)


その翌日。

「結婚の話、前向きに考えてみようと思うの」

自宅で縞太郎と夕食を取っていた茉白は意を決して伝えた。

「本当か？　私はすごくいい話だと思うよ」

縞太郎の表情がここ最近見たことないような明るいものになった。

(こんなにうれしそうな顔するんだ……)

「あ、影沼さんには自分で言うから、余計なこと言わないでね」

茉白は縞太郎に釘を刺した。

遙斗に憧れ以上の気持ちを抱いてしまっていることは、茉白自身もう否定できない。

だからといって遙斗とどうこうなれる立場ではない。

それなら〝ロスカを守る〟と言ってくれた影沼と結婚するのは最良の選択のはずだ。

(雪村専務以外なら誰でも同じ、なんて身のほど知らずな考えだけど……そういう気持ちのおかげで、今影沼さんと結婚しても後悔しない気がする……)


縞太郎に結婚の意思を伝えた翌日の昼休み。

茉白は影沼をランチに誘い、前向きに考えていくことを伝えた。

「本当ですか?」

影沼もまたうれしそうな表情を見せる。

「では、茉白さんが前向きな気持ちのまま結婚してくれるようにがんばりますね」

笑顔の影沼の口から〝結婚〟という言葉を聞いて、茉白はその言葉の重さを感じた。

(大丈夫、そのうち影沼さんと結婚することがあたり前になる……)

その日の夕方、莉子が営業に出かけていくのを茉白が見送る。

「今日はスワンさんなので」

「直帰ね。いってらっしゃい」

「いってきまーす！」

莉子は楽しそうに出かけていった。

「スワンさんというのは？」

影沼が茉白に聞いた。茉白はスワン用品店のことを影沼に説明する。

「それでこの時間に出て毎回直帰なんですか？」

影沼の口調はどこかあきれを含んでいる。

「月イチですし……ちゃんと受注できてますから、大目に見てあげましょうよ」

茉白がフォローを入れる。

「ちゃんと、ねぇ」

影沼の表情はどこか訝しげだ。

影沼に結婚の意思を伝えてから三日ほどが過ぎた。

茉白は預けていた傘のサンプルの返却を受け取るため、シャルドンの本社に顔を出していた。

「えええ～！」

商談ルームで、米良がこの世の終わりのような形相で、部屋全体に響くような驚きの声をあげる。

茉白から影沼と結婚するつもりだという報告を受けたせいだ。

隣にいる遙斗は涼しい顔をしていて、茉白の胸がズキッと音を立てた。

「どうしてですか?」

「どうしてって……米良さんこそ、どうしてそんなに怖い顔……」

茉白はあまりの反応に怯えたような顔をする。

「いや、だって茉白さん……」

米良はチラッと遙斗の方を見たが、遙斗の表情は少しも変わらない。

「お恥ずかしい話ですけど、ロスカの経営状況って私が思ってるよりずっと悪かったみたいで……ロスカを守るにはこれが一番いい選択なんです」

茉白は米良に心配させまいと、ニコッと笑った。

「前向きに考えるって言っただけで父もすごく喜んでくれていて、ここ最近見たこともないくらい元気なんです」

「そうですか……いや、でも……」

「影沼さんと結婚してもなにも変わらないと思いますよ。どんな形でサポートするにしろ、ロスカの名前は残してくれるっておっしゃってますし、私は変わらず企画営業ですから」

茉白の言葉はどこか楽観的だ。

「そんな都合のいい話、あるといいな」

口を開いた遙斗に、茉白はドキッとする。

「これまでのやり方が悪いから経営状況が悪化している。それをそのままにする新経営者がいたらただのバカだ」

最初に会ったときのような冷たい声色だった。

「だから私が、よくできるようにがんばりますので」

茉白は少しだけ語気を強めた。

「そうですか……陰ながら応援しますね……」

米良はあからさまに肩を落としている様子。

「じゃあ、今日はこれで……」

茉白は傘のサンプル数本を持って部屋を出ようとした。

「下まで送る」

そう言って、茉白の手から傘を取り上げたのは遙斗だった。

突然のことに思わずドキッとしてしまう。

「だ、大丈夫です。雪村専務にサンプルを運ばせるなんて……」

茉白は遙斗の手から傘を取り返そうとした。

「〝自分ひとりで抱え込まない、使えるものはなんでも使う〟だろ？」

遙斗は煽（あお）るような不敵な笑みで言った。

「……こんな物理的な意味だとは思いませんでしたけど。じゃあ、お願いします」

正直なところ茉白は一分一秒でも早く遙斗の顔の見えないところに行きたかったが、渋々提案を受け入れることにして、遙斗とともにエレベーターに乗り込んだ。

「どうして急に結婚を決めた？」

遙斗はドアの方を見たまま話しかけた。

「急ですか？　先日も結婚の話はお伝えしたはずです」

茉白もドアの方を向いたまま話し返した。こうしていると嫌でも先日のキスを思い出して心音が速くなる。

「この間は嫌がっているように見えた」

「そんなことは」

「俺が手を出したからか？」

茉白は首を横に振った。

「雪村専務には関係のないお話です」

「関係ない、か」

遙斗はため息をつく。

「言っておくが、俺はあきらめる気はない」

茉白は思わず遙斗の方を見た。

「そんな、私の気持ちは先日お伝えしたはずです」

茉白が困惑していると、エレベーターが一階に到着した。

エレベーターからエントランスまで、社員たちの注目が遙斗と遙斗を従える茉白に集まってしまう。

そんな中、遙斗は茉白を駐車場まで見送った。

「君を困らせたいわけじゃない。なにかあったら頼ってほしい。それだけだ」

車に乗った茉白に遥斗は告げる。

「それが困るんです。私には影沼さんがいますから」

そう言うと茉白は車を走らせた。

＊＊＊

「どういうことだよ！」

茉白が帰った後の役員室では、米良が遙斗を問いつめていた。

「どうって……聞いたままだろ」

平然とした遙斗に米良は腹を立てる。

「だいたいなんでお前は知ってるんだよ」

「この間、真嶋さんと食事に行ったときに聞いた」

「聞いたんじゃなくて相談されたんじゃないのか？　なんで影沼常務と結婚することになってるんだよ」

「彼女の選択なんだからしょうがないだろ」

「いや、茉白さんは誰がどう見てもお前のことが好きだろ？　それがなんで……」

遙斗はあの夜のことを思い出すように、小さくため息をつく。

「会社を背負ってるって、そういうことらしい」

「遙斗はなんでそんなに平気な顔でいられるんだよ」

米良はがっかりしてうなだれた。

「平気そうに見えるか？」

「え？」

「他人のことでこんなにイラつくのは初めてだ。米良、アムゼルについてなにかわかったか？」

＊＊＊

「茉白さん、本当に結婚するんですか？」

その日、会社に戻った茉白に莉子がコソッと聞いた。

「まだ前向きに検討します、って言った段階だけど……結婚するつもりよ」

「そうなんだ……」

莉子はどこかがっかりしたように言った。

「影沼常務だってイケメンですけど……私は本当に茉白さんと雪村専務ってすーっごくお似合いだと思ったんですよ〜？」

「莉子ちゃん、それは影沼さんにも……私にも失礼だよ」

「……そうですよね、すみません。おめでとうございます」

「ありがとう」

反省した莉子に言われた祝福の言葉に、茉白はなにも心が動かなかった。

（喜んで『結婚します！』って宣言できてない私が一番失礼なんだよね）

わかってはいても、本当に前向きな気持ちになれるまでにはもう少し時間が必要だ。

茉白は小さくため息をついた。


それからさらに一週間ほどが過ぎた。

「はじめまして、ロスカの真嶋です。よろしくお願いします」

この日、茉白はアムゼルの商品企画部に初めて訪れていた。アムゼル自体に来るのも初めてだ。

数日前、茉白は影沼からある提案をされた。

『コスメの商品開発ですか？』

『ええ。茉白さんにもアムゼルの商品に関わっていただけたら、新しいアプローチができるんじゃないかと思って』

『はい、ぜひ。お役に立てるかわからないですけど……おもしろそうですね』

茉白は笑顔で応えたのだった。

よその会社ということに加えて、未来の夫になるであろう影沼の親の会社ということとに独特の緊張感を覚える。

「アムゼル商品企画部チーフの墨田です。よろしくお願いします」

担当の女性社員が茉白に自己紹介した。年齢は茉白より少し上くらいに見える。

「商品企画部は何人くらいいらっしゃるんですか？」

「私を含めて二名です」

「うちよりずっとたくさん新商品を発売されてるのに、少人数なんですね。すごい」

「あー……まあ、デザイナーはデザイン部ですし、協力会社などもあるので」

墨田の口ぶりはどことなく歯切れの悪いものだった。

その後、茉白は墨田の案内でアムゼルの社内をひと通り見学した。

（うちと違って自社ビルだし、さすがに社員数も多い。男性は全員スーツ、女性もスーツか堅めのオフィスカジュアル）

ロスカの緩く穏やかな雰囲気との違いに少し戸惑いを覚える。

（影沼さん、うちの雰囲気にびっくりしただろうな）

「墨田さんは、アムゼルで働いて長いんですか？」

「いえ、まだ一年と少しです」

「え、そうなんですか？　でもチーフなんて、優秀なんですね」

「チーフといっても、部員は二名ですから」

　墨田が冷めた口調で言った。

『どうでしたか？　うちの会社は』

　その日の夜、茉白は影沼と電話で話した。

　彼は茉白との接点を増やそうとしているのか、最近ときどきこうして電話をくれる。

「皆さんスーツとか、きちんとした格好でお仕事されてて……なんていうか、会社らしい会社ですね」

『ロスカとはちょっと違いますよね。最初は戸惑うかもしれませんけど、すぐに慣れますよ』

「影沼さんはロスカに慣れました？」

『ええ、まあ』

「そうですか。よかった」

　茉白は電話口でホッとした笑顔になった。

『茉白さんに提案なんですが、せっかく商品開発に携わるなら、週に何度かアムゼルに行きませんか？』

「え、それは……影沼さんがロスカに来るみたいに、ってことですか？」

『そんなイメージです』

「えっと……」

『せっかく商品に関わってもらうんだから、アムゼルの社風をきちんと理解してほしいんです。ロスカの業務は私がサポートしますし』

茉白は考えて黙り込む。

『別に長い期間というわけではなくて、今回の企画の間だけですよ』

長くても三カ月程度のことだ。

（そうだよね、逆の立場だったらロスカに来てほしい）

『実は、真嶋社長からも頼まれているんです。茉白さんにもっといろいろな経験を積ませてあげてほしいと』

「父が……。じゃあ、決定事項なんですね」

茉白はまたも少し父を遠くに感じて寂しい気持ちになり、つい皮肉っぽくなってしまう。

就職する前にアルバイトはいくつか経験しているが、大学を卒業してからはロスカでしか勤務経験のない茉白は、ロスカ以外で働くことも、ロスカを離れることもどこか不安に感じてしまう。

（これも勉強、かな）

それから茉白は週に二日、アムゼルで働き始めた。

商品開発に関わるため、たくさんある商品を覚えたり、営業に同行したりすることもあった。

（うーん、なんか……勉強になることも多いけど、社内の雰囲気も営業スタイルもちょっとドライかも）

たとえばロスカでは昼休みになれば誰かのおしゃべりが聞こえてくるし、時には誰かと外でランチを食べることもあるが、アムゼルは人数が多いわりに昼休みがとても静かだ。

（営業は数字至上主義って感じだし。それに……）

茉白はアムゼルの社員の、勤続年数の短さが気になっていた。

（墨田さんが一年ちょっと、昨日同行した営業の人が二年、デザイナーの子はまだ半年って言ってたっけ。事業拡大で積極的に人を雇ってるのかな）

「今日は真嶋さんに新作のネイルの色を選んでほしいんです」

墨田に呼ばれて、茉白は商品企画室にいた。

目の前には、ノートパソコン、色の着いたネイルチップがたくさん置かれている。

「今回は花の色をイメージしたものにしたいので、真嶋さんの好きな花とそのイメージに合う色を選んでください。花はお好きなものがあればそれで、種類が足りなければネットで図鑑とかフラワーショップなんかを検索してください」

「え……そんな、私の独断みたいな決め方でいいんですか？　コンセプトとか、いろんな方の意見とか、市場調査とか」

「影沼から、真嶋さんは雑貨の企画のプロだからお任せして知恵を借りるように、と言われています」

墨田の口調は、茉白にとくに関心も示していないような無感情なものだった。

（雑貨はともかく、コスメはまったくの素人なんだけど……）

茉白は不安そうな顔をする。

「もちろん、うちのスタッフでこの後協議しますよ。市場調査もしてあるので、選んでいただいた色から最終的に判断します」

「そうですか。えっと……ただ好きな花で何種類もっていうのも難しいので、花言葉にシリーズ感を持たせて選びますね」

「お任せします」

# 第九章　雪どけの魔法

茉白がアムゼルに行くようになって三週間が過ぎようとしていた。

「おはよう莉子ちゃん」

今日は通常通りロスカに出社する日だ。

「……おはようございます」

いつもは元気よく挨拶をする莉子だが、なんとなくテンションが低い。

「なんか元気ないね」

「……そんなことないですよ。茉白さんこそ、今日はいつもよりも服装がちゃんとしてますね。ジャケットにピシッとしたまとめ髪」

「うん、なぜかアムゼルさんに行くときの癖でキッチリ髪まとめちゃったのよね」

茉白は自分らしくない髪形に苦笑いをした。

「そんなにアムゼルさんになじんじゃったんですね……」

莉子が残念そうにつぶやく。

「え？」

莉子の言葉に茉白がキョトンとしていたら、縞太郎が茉白を商談ルームに呼んだ。

中に入ると今日は出勤予定のないはずの影沼もいる。

「おはよう……ございます」

「おはようございます、茉白さん」

影沼が笑顔で挨拶した。

「まぁ座りなさい」

商談テーブルを挟んで、縞太郎の向いに茉白と影沼が座る。

「アムゼルさんで働いてみて、どうだ?」

縞太郎が聞いてきた。

「まあ勉強になることも多いけど……そんな話?」

「いや、大事な話だ」

「私から言いましょうか?」

影沼が口を挟む。

「いや、私から言うよ。社内の人事の話だから」

(人事?)

「今月末付で影沼君に正式に入社してもらって、うちの営業部長になってもらう」

茉白はまた、縞太郎の言葉の意味を理解するのに時間がかかってしまった。

「入社？ それに……営業部長？ いきなりですか？」

現在は縞太郎が社長と営業部長を兼任し、茉白ともうひとり、三十代のベテラン社員が主任をしている。

「実はな、茉白がアムゼルさんに行き始めた頃から、影沼君に営業としての意見やノウハウをもらいながら、彼のメソッドでみんなに営業活動をしてもらっていたんだ」

「え……なにそれ。私聞いてないです」

茉白は戸惑いを隠せない。

「茉白は、そうやって不信感をあらわにして拒否反応を示すのがわかっていたからな」

縞太郎の言葉にため息が交じる。

(拒否反応って……)

「拒絶してるわけじゃなくて、慎重に判断した方がいいって思っているだけです。よその会社の人が急に営業部長なんて、ロスカらしくな――」

「それが拒否反応だって言ってるんだ」

縞太郎はまたため息をついた。

「え……？」

「いいか茉白、これがこのひと月の受注金額のデータだ。前月、昨年の同じ月との比較もある」

縞太郎が茉白の前に数字が印刷された紙を差し出した。

茉白は怪訝な顔でその紙に目を通した。

「え……」

そこに書かれた受注金額は、前月の一・二倍、昨年の同月と比べたら一・五倍になっている。

「〝よその人〟を急に営業部長にするんじゃない、ちゃんと実力を示してくれたから、営業部長になってもらうんだ」

茉白はそれ以上なにも言えなくなってしまった。

「話は以上だ。わかったら行きなさい」

茉白は席に戻ってからもしばらく放心していた。

影沼が営業部長になることがショックなのではない。自分が必死になって伸ばそうとしてきた受注金額を、影沼が、外部の人間が簡単に伸ばしてしまったことがショックでたまらなかった。

(私のやり方って間違ってたんだ……私じゃダメだったんだ)

その日の昼休み。

「茉白さん、お昼、一緒に出ませんか?」

影沼が茉白をランチに誘った。

茉白は多少は気持ちが落ち着いたものの、まだ動揺したままだ。

(影沼さんが悪いわけじゃない)

「はい」

影沼の後に続いてオフィスを出る直前、莉子と目が合ったが言葉は交わさなかった。

「すごいですね、ひと月であんなに受注が伸びるなんて」

ふたりで入った中華料理店で茉白が言った。

「いえ、アムゼルのやり方を試してみたらハマっただけですよ」

「それがすごいんです。私のやり方は間違ってたんだなって……」

茉白は力の入らない笑顔でつぶやく。

「茉白さん、誤解しないでください」

「え……」

「私は別に茉白さんの営業を否定するつもりではありません。ロスカをよくするためにお力になれればという気持ちで動いているだけです」

影沼は、黙ってしまった茉白を見つめた。

「そろそろ正式なお返事をいただけませんか？」

「え……」

「ずっと、前向きに考えると保留にされたままでしたけど、このひと月半で成果を上げたつもりです。いいお返事をいただきたいのですが」

「あ……」

（これ以上待たせたら失礼だ。この人はきっと本当にロスカを守ってくれる。イエスって言わなくちゃ。でも……）

『言っておくが、俺はあきらめる気はない』

遙斗の顔が浮かんでしまい、茉白は言葉が出ない。

「まだ、時間が必要ですか？」

「ごめんなさい、もう少し……。アムゼルへの出向の間は仕事に集中させてください」

影沼はがっかりしたような顔をして、あきれを含んだため息をついた。

（私、もうあきらめるって決めたはずなのに、全然覚悟が決まってないんだ）

それから数日後の月末の朝礼で、影沼の正式な入社と営業部長への就任がロスカ社内に発表された。

それを聞いた莉子や佐藤は、どこか失望したような顔をしていた。


アムゼルへ行き始めてふた月弱が過ぎた頃、アムゼルの商品企画室で新商品カタログを眺めていた茉白は、不可解な点を見つけた。

「あの、墨田さん。このカタログなんですけど」

「なんですか？」

「これって、この前私が色を選んだマニキュアですか？」

墨田は茉白が開いたカタログを見た。

「ああ、ええ、そうですね」

「あの……私が選んだ花とラインナップが違うみたいですが」

茉白が十二種類選んだうち、五種類が別のものに変わっている。

「工場で真嶋さんの希望の色が用意できなかったんですよ。よくあることです」

「用意できなかった……？」

（希望の色に合わせて調合するんじゃないの？　それに……）

「私、恋愛をテーマにした花言葉を選んで、それもお伝えしたはずですが……これ、友情とか開運とか、テーマに一貫性がなくなってます」

墨田は面倒そうに小さなため息をついた。

「〝花言葉〟っていうテーマに一貫性があるでしょう？　このマニキュアは発売時期が最優先だったんです」

「そうなんですか……。よくわかっていなくて、すみません」

（でもあれからまだ二カ月も経ってないのに。このカタログの商品はこれからすぐに発売……そんなに早く商品化できるの？　それに、そんなに急いで企画して、コンセプトを考えたり市場調査も……本当にちゃんとしてるの？）

茉白は腑に落ちないと思ったが、専門知識のない分野なので自身の知識不足のせいだろうと自分を納得させた。

それから数日後、茉白は影沼の席に呼び出された。

「茉白さんには、シャルドンの担当をはずれてもらいたい」

ロスカの営業部長となった影沼から告げられた茉白は、一瞬頭が真っ白になった。

「どうしてですか？　私が担当して、受注は伸びているはずです」

茉白は食い下がろうとした。

「だからです。茉白さんがつくってくれたシャルドンとのパイプを強化したい。営業のノウハウはほかの人に引き継いで、茉白さんは企画の方に主軸を置いてほしいです」

（ノウハウ？　そんなに単純なことなの？）

茉白は気持ちが整理できず、なかなか言葉が出てこない。

「ゆ、雪村専務は……厳しい方なので」

「わかっています。でも、茉白さんでなければ営業ができないというわけでもないでしょう？　引き継ぎをきちんとしてください」

「企画を主軸にって……ほかの営業先は？」

「ほかについても徐々にはずれてもらいます。社内での勤務がメインになると思っていてください」

「……少し……考えさせてほしいです」

「会社としての決定です」

影沼はいつものドライで淡々とした様子だ。

「体制見直しはロスカのためです」

結果を出した影沼に『ロスカのため』と言われてしまうと、茉白は黙って受け入れるしかない。

「わかりました。レイングッズの打ち合わせが残っているので、そこまでは私に担当させてください」

「まぁ、いいでしょう」

影沼のため息を聞きながら、茉白は席に戻った。

（社長にも営業には向いてないって判断されたのかな。私のロスカでの六年って、なんだったんだろう）

それからも影沼の体制見直しは続いた。

「ECサイトの発送はもっと簡素化して効率化を図り、一日の発送数を増やしてください。季節ごとの手紙は廃止、定型文で統一していくように」

「倉庫もゆくゆくは外部倉庫にして、経費を削減」

「茉白さんもデザイナーも、工場に出向くのはやめて、打ち合わせは工場からこちらに来させるか、オンラインで済ませるように」

茉白が大切にしてきたことには、ことごとく影沼のメスが入る。

「茉白さんができなかったことをしてるんです。これでロスカはよくなりますよ」

影沼はことあるごとに〝ロスカ〟の名前を口にし、茉白はそのたびに黙るしかなくなってしまう。

縞太郎が納得している様子なのも、茉白が意見を言えなくなる一因だった。

ＳＮＳについてはとくになにも言われなかったが、ここのところどうも莉子の元気がないせいか投稿回数が減り、それとともにフォロワーも徐々に減っていた。

（ずっと反応してくれるのはクロさんくらい。これも影沼さんかもしれないし……）


アムゼルへの出向日。

「墨田さんおはようございます」

「おはようございます」

茉白が商品企画室に着くと、外国語の書かれた段ボールが置かれ、墨田はその箱から取り出した商品をチェックしている。

「今日は検品のお手伝いですか？」

「あなたは別のことをしてください」

墨田は箱を隠すようにして、茉白に指示した。

「墨田さん、あの……新商品の企画書を作ってみたんですけど」

茉白は墨田にマニキュアの新商品の企画書を見せた。茉白のアイデアスケッチもついている。

墨田は渡された企画書をよく読まずにテーブルに置くと、ため息をついた。

「真嶋さん、あなたは企画書なんて作らなくていいです。こちらの指示したことをやってください」

「少しだけでも、説明を聞いていただけませんか？　この商品はフタがグラデーションになっていて――」

「こんな絵じゃなにもわからないです」

「すみません、絵が下手で。なので説明を記入してあるのと、口頭で説明を」

「いらないって言ってるでしょう？　あなたはコスメの素人なんだから。この話は終わり。今日はチークのパッケージの色を選んでください」

墨田は口調を強めた。

「……わかりました」

（素人……たしかにそうだけど、じゃあ私がここにいる意味ってなに？）

茉白はひとりになると大きなため息をついた。

（なんか最近全然……楽しくないかも）

『なにかあったら頼ってほしい。それだけだ』

シャルドンの駐車場で遙斗に言われた言葉がよぎるが、茉白は首を横に振る。

遙斗に迷惑をかけたくはない。そもそも自分の頼るべき相手は影沼だ、と自分に言い聞かせた。


翌日、茉白がロスカに出社すると、社内の雰囲気がいつもと違っていた。

「あれ？　社長のデスクは？　それに影沼さんのも……」

茉白が莉子に聞くと、莉子は商談ルームを指さした。

「あそこが昨日から社長室兼営業部長室です」

莉子は冷めた口調で言う。

茉白は社長室となった商談ルームに入るなり、縞太郎に詰め寄った。

「どういうつもりですか？　なんで社長室なんて……社員とフラットに接したいって、今まで社長室は作らなかったのに」

「それがよくないからですよ」

同じ部屋にデスクを構えた影沼が割って入る。

「この会社は社長と社員が近すぎる。それがお互いの甘えにつながるんです」

「甘えなんてそんな……」

「茉白さん、あなたもですよ。営業部主任なら、もっと部下には厳しく接するべきだ」

影沼が厳しい口調で言った。

「営業は数字がすべてです。馴れ合いはいりません、あなたのそういうところがロスカを弱くするんです」

「社長も……同じ意見ですか？」

茉白は縞太郎の方を見た。

「同じだ。影沼部長の意見は正しい」

「将来……」

茉白はポツリとこぼす。

「ロスカは影沼さんが継ぐの……？」

茉白の質問に、縞太郎はしばらく沈黙して口を開いた。

「このままいけば、そうなるだろうな」

「……そうですか」

「茉白さんが結婚を決めれば、あなたの夫が継ぐんですよ。事実として業績も伸びているし、ロスカの名前は消えずに済みます。早く覚悟を決めてください」

茉白は苛立ちを見せるような影沼の言葉に、またなにも言えなかった。

（ロスカのための結婚って、そういうことだってわかってたはずじゃない……）


影沼が営業部長になって二週間ほどが過ぎた。

「え、どうして⁉　佐藤さんが辞めるなんて……」

茉白はデザイナーの佐藤から退職の意向を伝えられた。

「前にも少しだけ言いましたけど……私、影沼部長と合わないみたいで」

佐藤はうつむきがちに答えた。

「でも……影沼さんは営業部で、佐藤さんはデザイン部じゃない」

「これからは営業部主体で商品の企画とデザインを決めるそうです。デザイナーが悩む時間がもったいないから、言われたものだけ作れって」

茉白はアムゼルで墨田に同じようなことを言われたのを思い出した。

「だけどこれからは私が内勤で企画に携わることが増えるはずだから――」

「私も、茉白さんと企画の話をするのは大好きだったんですけど……すみません。もう社長にも伝えました」

（大好き〝だった〟）

過去形の言葉に佐藤の意志の固さを感じて、茉白はそれ以上引き留められなかった。

「営業行ってきます。営業車使います」

佐藤に退職の意向を告げられたこの日、茉白は営業先をいくつか回り、最後にシャルドンへレイングッズの打ち合わせに行くことになっていた。

茉白が担当営業としてひとりで行くのは今日が最後だ。

シャルドン本社の商談ルームでいつものように遙斗と米良が茉白の話を聞き、意見を述べる。

「では、今日の話を持ち帰ってデザイナーに共有しますね。これでまずはサンプルから生産に入ります」

〝デザイナー〟という言葉で、佐藤を思い出す。

このレイングッズが一緒に手掛ける最後の商品かもしれない。

「あの、ご報告があります」

打ち合わせの終わりに茉白が切り出した。

「私、今回で御社の担当をはずれることになりました」

「え?」

米良は驚いた顔をするが、遙斗は表情を変えない。

「御社のっていうか、営業職自体をはずれて企画職がメインになるみたいです」

茉白は寂しい気持ちを隠して笑顔をつくる。

「あ、でもこれからは商品企画に主軸を置くことになりそうなので、商品のクオリティは保てると思います」

遙斗が最初の商談のときのようにあきれたようなため息をついた。

「〝みたい〟とか〝なりそう〟とか〝思います〟とか、全然真嶋さんの意思がないんだな」

遙斗は茉白を見た。

「本当に納得してるのか？」

茉白は少し黙って、うつむき気味にうなずいた。

「会社の決定なので。次回は次の担当を連れてご挨拶に来ることになると思います。その際はよろしくお願いします」

茉白はテーブルの上のサンプルを片づけると、荷物をまとめて帰り支度をした。

「今日はこれで失礼します。今までありがとうございました」

茉白は深々とお辞儀をした。

「今日は私がお見送りします」

米良がドアを開けた。

「え、そんな！　大丈夫です。お忙しいのに」

「送らせてください。茉白さんをお見送りできるのも最後かもしれませんし」

米良はいつも通りの優しい笑顔を見せる。

「茉白さん、影沼常務とはその後、順調ですか？」

エレベーターで米良が尋ねた。

「……はい、それなりに。業績も回復してますし……」

「なんだかあまり幸せそうじゃないように見えますが？」

茉白はどう答えていいのかわからず黙ってしまった。

「失礼なことを言ってしまいましたね。すみません」

「変……ですよね。前向きにって答えて、影沼さんは結果も出してくれたのに、ちゃんと返事ができないんです」

茉白は思わず本音を漏らしてハッとした。

「あの、米良さんこそリリーさんとご結婚されたんですよね。おめでとうございます！」

茉白は今度は笑顔を見せた。

「ありがとうございます。近々新婚旅行で留守にするので、その間に仕事がどれだけたまってしまうのか想像すると憂鬱ですが」

幸せと暗い顔が入り交じる米良に、茉白はくすくすと笑った。

「そんな、もう大丈夫ですよ！」

エントランスを出て、駐車場まで送ろうとする米良を茉白が制止する。

「さっきも言いましたけど、最後かもしれないですし」

「じゃあ……」

〝最後〟という響きに茉白の胸が軋む。

「茉白さん、私は」

エントランスを出ると、米良が話し始めた。

「あなたが遙斗との初めての商談で、あきらめずに食い下がったときに……自社の製品を〝ポーチたち〟っておっしゃったことに、とてもいい印象を抱きました」

「そんなふうに言いましたっけ？　なんか、仕事なのに子どもっぽいですね」

茉白は照れ笑いを浮かべた。

「意識せずに自然に出てしまうくらい、自社の製品に愛情がある方だと思ったので、あのとき助け舟を出しました」

「そうだったんですか？　あのときフォローしていただかなかったら、こんなふうに御社との取引も続けていられなかったと思います。ありがとうございました」

お礼を言う茉白に、米良が微笑みかける。

「次の日、本当に朝七時に現れて、私の分まで資料をご用意いただいて、自己紹介したわけでもない私の名前を覚えていただいていたのもうれしかったです」

「え？　そんなのあたり前じゃないですか？」

茉白は不思議そうに首をかしげる。

「大抵の方にとっては私は遙斗のオマケなので、名前も覚えられていないことがほとんどです」

自嘲気味に笑う米良に、茉白は信じられないという顔をする。

「私は茉白さんのそういうまっすぐなところがとても好きですよ。遙斗によく似てる」

「え？」

思いがけない言葉に、茉白は驚いて首を横に振る。

「そんな！　全然似てないですよ！　雪村専務に失礼です」

「ただ、意地っ張りなところも似てるみたいで、それはいただけないですね」

茉白は答えづらくて黙ってしまう。

「もう少し素直になってみてもいいんじゃないですか？」

そう言われたところで、ふたりは茉白の乗ってきた車のそばに着いた。

茉白は運転席に座ると、窓を開ける。

「送っていただいちゃってすみません」

「いえ」

米良はにっこり笑った。

「じゃあ、今日はこれで」

茉白はハンドルに手を掛けた。

「茉白さん」

「はい？」

「遙斗はあなたが思っている以上に、ずっと茉白さんとロスカのことを気にかけていますよ」

「え、それってどういう意味ですか？」

「だから遙斗を信じて素直になってください」

米良はそれ以上なにも言わなかった。

（どういう意味？　素直にって言われても……誰にも迷惑をかけずにロスカを守るには、もう影沼さんと結婚するしか……）

茉白がシャルドンに最後の商談に行った日から十日ほどが過ぎた。

「レインの防水ポーチと防水バッグは、綿貫繊維工業で生産予定でしたよね？」

影沼が茉白に聞いた。

「ええ、綿貫さんのところです」

「綿貫とは取引をやめることにしたので、今からほかをあたってください。私の方でも探します」

「取引をやめるってどういうことですか⁉」

「こちらの要望に応える気がないと言われただけです」

「要望？　どんな――」

「茉白さんは余計なことは気にせず、ほかの工場を探してください」

「でも、いきなり取引をやめるなんて……」

「利益を出せる工場としか付き合わない、当然のことです」

影沼は吐き捨てるように言った。

（今まで綿貫さんが理由もなく要望に応えてくれないことなんてなかったけど）

茉白は胸が騒つくのを感じた。


その日の午後。

「どうしてですか！」

莉子が影沼に声を荒らげるのが社長室の外からも聞こえ、茉白は思わずドアのそばに近づいて様子をうかがう。

「理由がわかりませんか？　あなたがスワン用品店に何時間も入り浸って、たいした売上をあげていないからですよ。スワン用品店にはもう行かないでください」

影沼が淡々と返す。

「その日は受注が少なくても、後日の受注につながってます！」

影沼はあきれたようにため息をつく。

「こんな小さな店にわざわざ出向く時間がもったいない。どうしてわからないんですか？」

「スワンさんは直接の受注かＦＡＸしか注文方法がないから――」

「それが時代遅れなんですよ。そんな店と付き合う必要はない。メールでの受注にできないなら取引中止します」

「そんな」

茉白は耐えきれずに社長室のドアを開けた。

「待ってください」

「茉白さん……」

「なんですか？　自分の仕事に戻ってください」

「スワンさんは塩沢さんが大事にしてきたお客様です。彼女が担当になって、初期よりずいぶん受注が伸びました。それを彼女の言い分も聞かずに取引を中止なんて」

「席に戻ってください」

茉白は食い下がる。

「ＦＡＸだって直接の受注だって」

「茉白さん、私はあなたの上司ですよ」

「でも！」

「茉白さん、もういいです」

莉子がかすれたような小さな声で言った。

「もう、辞めるからいいです」

莉子は涙声だ。

「莉子ちゃん⁉」

茉白は一瞬で全身の血の気が引いた。

「そうですか、残念ですが仕方ないですね。手続きを始めますので、退職届を持ってきてください」

影沼は莉子の顔も見ずに吐き捨てた。

「そんな、影沼さん……」

「辞めたい人間には辞めてもらってかまいません」

影沼の言葉を聞き、莉子は社長室から泣きながら退室した。茉白は急いで莉子を追いかける。

「莉子ちゃん！」

泣いてしまい席に戻れない莉子は、階段の踊り場にいた。

「ましろさん……茉白さぁん……」

莉子は茉白に抱きつくと、胸に顔をうずめて泣き続けた。

茉白はなにも言わず、なだめるように背中をポンポンと叩く。

「茉白さん……戻らないと、怒られちゃう」

しばらくして少し落ち着いた莉子が茉白を心配する。

「そんなこと気にしないで。それより、辞めるなんて嘘よね？　取り消しますって言いに行こ？」

茉白の言葉に莉子は首を横に振る。

「もう無理です……あの人……」

「影沼さん？」

莉子はうなずく。

「茉白さんがアムゼルに行くようになってから、茉白さんがいない日にあの人が出社するようになって……いつも営業を集めて毎日の受注金額の目標を言わせて」

「え……？」

「それに届いてない日があると、みんなと社長の前で目標に届かなかった理由と反省の言葉を言わせて……吊し上げるみたいに……」

「……嘘でしょ？」

自分の知らない話に驚く茉白に、莉子はまた首を横に振る。

「茉白さん、知らなかったんだ……」

莉子はどこか安心したような表情になる。

「先月の受注が増えたのは、あの人のやり方がいいんじゃなくて、みんなが無理やりお店に頼んで納品したんです。後々返品してもいいとか、納品の金額を割り引くとか……あんなの、お店に嫌われてすぐにダメになるって思います……」

自分の知らない間に、ロスカがそんな状況になっているとは考えもしなかった。

「社長には相談しなかったの？」

「社長はあの人に心酔するみたいに、なんでも言うこと聞いてて……」

それは茉白もなんとなく感じていた。

「どうして私に相談してくれなかったの……？」

「茉白さんは、ロスカが一番大事ってみんな知ってるから……社長とあの人の味方なんじゃないかって……みんな疑ってて」

「そんな……」

茉白の胸がギュッと苦しくなったが、ここ最近社内で感じていた疎外感の原因がわかった。

「だから、さっきかばってくれて……今も、知らなかったんだってわかって……うれしくて、ちょっと安心しました。茉白さんのこと、嫌いになりたくなかったので」

莉子は泣いたまま笑顔を見せた。

「でも茉白さんはロスカを守りたいんだから、アムゼルとケンカになるようなこと、できないですよね。茉白さんの立場がつらいのはわかります」

莉子のあきらめたような顔に、茉白の胸が締めつけられる。

「だから茉白さんのことは応援してますけど……これ以上ロスカではがんばれません。ごめんなさい」

(莉子ちゃんが辞めちゃうなんて……)

莉子は新卒の頃から茉白が面倒を見てきた特別な存在だ。それだけにショックが大きい。

『茉白さんが楽しそうで、私うれしいです』

いつか莉子が自分のことのように言ってくれた表情が浮かぶ。

(莉子ちゃん……)

茉白はそのまま会社の外に出て、綿貫工場長に電話をかけた。

「あ、綿貫さん、ロスカの真嶋です」

『……茉白さん？　なんの用ですか？』

あきらかに冷たい声色の綿貫に、茉白は一瞬戸惑った。

「あの……」

『御社とは長いお付き合いで、いい関係を築かせていただいているつもりだったんですけどね』

綿貫があきれたようなため息交じりの声で言う。

「すみません、綿貫さん……なにがあったのか聞いてもよろしいですか?」

『え?　あの方、影沼部長でしたっけ?　あなたの婚約者だっておっしゃってましたけど……なにも知らないんですか?』

「正式に婚約しているわけではないので……すみません、社内のことなのに把握できてないんです」

綿貫は電話口で大きなため息をつく。

『先日、影沼部長がいらして、外国製のポーチの仕上げだけをうちの工場で行って、それを日本製のポーチとして販売したいんだと打診されました』

「え?」

『安い海外製の商品の仕上げを日本でやれば日本製にできる、というグレーなやり方もあるのは事実ですよ。利益率が上がりますからね。ただ、うちはプライドを持って仕事をしているのでお断りしました。見本で持ってこられたポーチの縫製もひどかったですしね』

『お断りしたら〝取引中止だ〟と言われましたので、うちとしても御社との付き合いはこれまでかな……と。茉白さんにはよくしていただいたので残念ですが』

「綿貫さん、本当に申し訳ありません。大変失礼なことを……。社内で話し合いますので、取引中止は考え直してください」

茉白は平謝りで電話を切った。


時刻は十九時を回っている。

茉白はひとり残業をしながら、デスクで今日の出来事を振り返っていた。

莉子の言葉と綿貫の言葉で、茉白はロスカの置かれている状況を把握した。

しかし影沼に、アムゼルに頼るあてがなくなってしまったら、ロスカがやっていけるのか？という不安はどうしても拭えない。

縞太郎の影沼への心酔ぶりもまた、茉白を迷わせる。誰になにをどう相談すればいいのか、茉白にはあまりにも負担が大きくなりすぎている。

それでも茉白は必死に営業資料などをまとめようとするが、いろいろなことが頭をよぎって集中できない。

『なにかあったら頼ってほしい。それだけだ』

また遙斗の言葉を思い出し、ダメだと否定する。

そんな茉白の目に、デスクに置いてあったワニのアイピローが映る。

(雪村専務がワニに似てる、なんて思ってた頃がなんだか懐かしい。本当は優しくて、想像よりもずっとずっと素敵な人だった)

「本当は、私だって……」

ポツリとこぼすと、茉白はワニを写真に撮り、涙顔の絵文字をつけてＳＮＳに投稿した。やり場のない心の声を吐き出したい、そんな気持ちだった。

(莉子ちゃんには会社の営業時間以外は投稿しちゃダメって言われてたんだった。それにこんな私的な内容、莉子先生に怒られそう)

莉子がＳＮＳのコツを楽しそうに教えてくれたときのことを思い出した。

――ピコンッ！

少しして通知音が鳴る。

(あ、クロさん……)

反応が返ってきて、我に返った茉白はなんとなく恥ずかしくなってすぐに投稿を削除した。

しばらくして、今度は茉白のスマホに着信があった。茉白は表示された名前にドキッとする。

【雪村遙斗】

「はい……」

『真嶋さん、今電話大丈夫？　まだ会社？』

「はい、あ！　いつもお世話になっており――」

『仕事の電話ではないから堅苦しいのは抜きで』

「え、じゃあ」

仕事ではないと言われ、茉白は戸惑う。

『今夜空いてたら、食事でもどうかと思って』

突然の誘いに、茉白はさらに戸惑ってしまう。

「米良さんもご一緒ですか？」

『いないよ。仕事ではないって言っただろ？』

「それなら、そういうのはもう」

茉白は断ろうとする。

『なら、取引中止だな』

「え！」

『冗談』

茉白の反応に電話の向こうの遙斗が笑う。

「そういう冗談、よくないです」

電話口で口を尖らせる。

『この間の食事のとき、〝次〟って言っただろ？』

「……それも冗談かと思ってました」

茉白は断る理由を探す。

『こういうのは今回で最後にするから、今夜だけ付き合ってくれないか？　二十分後にこの間と同じ場所で待ってる』

「え、あの」

遙斗は一方的に電話を切ってしまった。

（私には影沼さんがいるし、だいたい今は残業中だし、今日は服装がイマイチだし……さっき莉子ちゃんと泣いたからメイクもなんか微妙だし）

茉白は時計とにらめっこをしながら、あれこれと行かない言い訳を考えていた。

それでもそのどれも、今この瞬間に遙斗に会いたいと思ってしまう気持ちには勝てなかった。

先日と同じ場所で待っていると、遙斗の車が現れた。

「こんばんは」

茉白は遙斗の車に乗り込むと気まずそうに挨拶をした。

「今日は俺の行きたい店に付き合ってもらうつもりだけど、いい？」

「でもこんな格好なので……それにあんまり高いお店はごちそうできそうにないです」

茉白が先日の遙斗との会話を思い出しながら言うと、遙斗は笑った。

「たまにはなにも言わずに格好つけさせてよ」

そう言って車を走らせた遙斗がまず向かったのは、シャルドン系列のアパレルショップだった。

「え……？」

（ここって、シャルドンの高級ラインのお店）

戸惑う茉白を気にするそぶりもない遙斗が店の前に立つとドアが開いた。

思わぬ遙斗の来店に店員も一瞬驚いたような表情を見せたが、プロらしくすぐに笑顔になった。

明るい店内には、華やかなものからシックなものまで高級そうな服が並んでいる。外の暗さとの対比で、どこか幻想的だ。

「彼女に似合う服、一式選んでもらえる？　そのまま着てくからついでにメイクも服に合わせてしてあげて」

（え……）

この店の店長らしき女性を中心に、ワンピース、靴、アクセサリー、そして小さなバッグまで一式があっという間にコーディネートされる。

（え……？）

崩れていたメイクも見違えるほど綺麗に整えられる。

（え……！）

そしてヘアセットまで施され、緩くカールした髪はうしろでハーフアップにまとめられた。

茉白が着せられたアイスブルーのAラインのワンピースは、上見頃がレースのレイヤードになっていて、大人っぽさとかわいらしさの両方を感じるデザインだ。生地の質感から茉白でも上質なものだとわかる。

「あの、これはいったい」

茉白は状況をのみ込めない。

「いいね。真嶋さんはブルー系がよく似合う」

変身した茉白を見た遙斗が満足げに言うと、茉白は顔を熱くした。

「じゃあ行こうか」

「え？　あの、お金」

「うちの店だ」

答えになっていないような答えで茉白を黙らせると、遙斗は茉白を車にエスコートした。

遙斗が次に訪れたのは高級フレンチレストランだった。

茉白は本来遙斗が来るべき店だと妙に納得したが、自分自身には不釣り合いだとも思った。

「雪村専務。あの、もう少しなんていうかカジュアルなお店の方が」

「席は個室だし、ドレスコードにも合ってるからそんなに緊張しなくて大丈夫だ」

茉白を落ち着かせるように、遙斗は笑みを向ける。

個室に通されると、飲み物も料理も茉白の好みに合わせて遙斗がオーダーした。

「米良さんはまたリリーさんですか？」

乾杯をすると、居酒屋とは比べものにならないくらい緊張してしまい無難な話題を探す。

「新婚旅行に行ってる」

「そういえばこの前お会いしたときに、もうすぐ行くっておっしゃってました」

「米良がいた方がよかった？」

「い、いいえ、そういうわけでは」

「じゃあふたりきりの方がいい？」

遙斗がイタズラっぽく笑って聞いた。

「え！　えっと」

「ふたりきりがいいと言ってほしいところだけど」

遙斗が急に落ち着いた声で言うので、茉白の心臓のリズムが速くなる。

「電話のときから、なんか元気がないんじゃないか」

「……はい。ちょっと仕事がうまくいってなくて」

いつもなら相手に心配させまいと否定する茉白だが、今回は素直にうなずいた。

「会社を守るって、難しいですね……」

茉白はそれだけ言って困り顔で笑った。

食事が進みデザートの時間になる頃には、茉白も気持ちが落ち着きずいぶんとリラックスしていた。

「そういえば、ロスカってどういう意味？　真嶋さんがそんなに守りたがる会社の名前」

遙斗が尋ねた。

「ロスカは……雪村専務の名字にちょっと関係があります」

「雪？」

茉白はうなずいた。

「フィンランドの言葉で〝溶けかけの雪〟っていう意味です」

「へえ」

遙斗の顔を見て、茉白は小さく笑う。

「なに？」

「雪村専務、今〝雪が解けて春がくる〟みたいな、綺麗な景色を想像したんじゃないですか？」

「うん」

遙斗は不思議そうな顔をする。

「普通は社名にするならそういう綺麗な言葉にしますよね。でも、ロスカって画像検索してもらうと、水っぽくなってドロドロの雪が出てくるんですよ。そういう溶けかけの雪、なんです」

茉白は予想通りの遙斗の反応に笑って答えた。

「父が北欧の言葉がかっこいいからって、よく調べずにロスカってつけるって決めて母に報告したそうです。母はしっかりした人だったからちゃんと意味を調べたみたいで、そしたら水っぽい雪のことだってわかって」

「それでお母さんは反対したってこと？」

茉白は首を横に振る。

「その反対で、父はもっと綺麗な名前にしようとしたみたいなんですけど、母はドロドロで泥が混ざったような雪が素敵だって。気持ちが溶け合って、綺麗なだけじゃない本音で語り合うみたいな感じがいいって言って、そういう会社、そういう空気をつくれるモノづくりをする会社になってほしいって……そういう理由でロスカに決めたそうです。父と母が一緒につけた感じがして、意味も好きで、大好きな名前なんです」

茉白は誇らしげな笑顔を見せた。

「へえ、いい名前だな」

「でもしばらくして私が生まれるときには、会社の名前はドロドロだけど、子どもの名前は綺麗な名前にしようって……」

「ああ、だから茉白、か」

ふいに遙斗が自分の名前を口にして、瞬間的に茉白の耳が熱くなった。

「は、はい。そういうことです」

『マシマもマシロもたいして変わらないし』

以前に自分の言った言葉を思い出す。

(私、なにもわかってなかった。雪村専務の声で言われたら全然違う……)

それだけ茉白が特別、遙斗のことを好きなのだと自覚した。

喉の奥がキュッと息苦しく、熱くなる。

「会社を守るのはたしかに難しいな。名前だってただ残せばいいってもんじゃない」

遙斗がつぶやいた。

彼の言葉を聞き、莉子、佐藤、綿貫、影沼と父、そして母の顔が浮かんだ。

食事を終え、再び車に乗り込んだ。

「少しは気晴らしになりましたか？」

遙斗が冗談めかして言った。

「気晴らしには贅沢すぎです」

なぜか不機嫌そうに言う茉白に、遙斗は笑う。

「今日もドライブに付き合ってもらおうか」

「で、でも私は」

「まだ正式には婚約してないって米良から聞いている」

なにも言えなくなってしまった茉白を乗せたまま、遙斗は車を走らせた。

向かったのはこの前と同じ展望公園だった。

また、遙斗と茉白は夜景を見るように並んで立った。

「なんとなくわかっているだろ？　ここに来た理由」

遙斗が茉白を見つめる。

「会社のこと、ですか？」

遙斗はうなずいた。

「なにかあったら頼ってほしいと言ってあったはずなのに、一向に連絡がこない」

「頼るようなことがないから……です」

茉白は目を逸らすようにうつむいた。

「さっきは仕事がうまくいっていないと言っていた」

「気にかけていただけるのはありがたいですが、雪村専務に頼らなければいけないほどには困ってないんです」

かたくなな茉白の態度に、遙斗は小さくため息をついた。

「もうそうやって意地を張って大丈夫なふりをするのはやめないか？」

茉白は黙ってしまった。

「君が一番、ロスカの意味を理解してないみたいだな」

茉白は目を逸らしてなかなか言葉を発せずにいる。

「いつも本音を隠してる」

「……でも、会社のことは、社内の問題なので」

「じゃあなんで今日、ＳＮＳにあんな投稿をした？」

「え……？」

遙斗がワニのアイピローの投稿のことを言っているのはすぐにわかった。

「社外の誰かに聞いてほしかったんじゃないのか？」

「待ってください！　あんなの一瞬で消したのに、なんで……？」

茉白は困惑した表情で遙斗の顔を見上げた。

「たしかに、フォロワーが五人と六人じゃ全然違うかもな」

遙斗は笑った。

「クロさんなんですか？」

『遙斗はあなたが思っている以上に、ずっと茉白さんとロスカのことを気にかけていますよ』

米良の言葉の意味を理解する。

「俺は、あのパーティーに君を招待したことを後悔してる」

「後悔？」

「あのパーティーがなければ、君が影沼に会うことはなかっただろ？」

「そんな、後悔なんて言わないでください！　あの日のことは私にとっては夢みたいな、宝物みたいな大切な思い出です……」

茉白が言うと、遙斗は右手の指の背で茉白の頬に触れた。

茉白の心臓がトクン……と大きく脈打つ。

「俺は誰かの思い出になるためにいるわけじゃない」

遙斗の目が寂しげに笑う。

遙斗が触れる頬が熱を帯び、茉白の鼓動がどんどん速くなる。

「もういい加減はっきりさせよう」

「ダメ……」

茉白の理性が、それ以上聞いてはいけないと唇を小さく動かす。

「俺は、君のことが好きだからいつも君のことを考えてる。もちろん遊びなんかじゃない」

時間が止まってしまったように、遠くから聞こえていた車の走る音や木が騒めく音が聞こえなくなる。

「そ、そんなことありえないです……」

「嘘だな。君だって本当はとっくにわかってるだろ？」

茉白は首を大きく横に振る。

「だって、ダメですそんな……シャルドンの雪村専務が——」

茉白の言葉を遮るように、遙斗は茉白を抱きしめた。

「ダメとかいいとか、そんな答えじゃなくて、君の本音を教えてくれないか」

「私の気持ちは前に」

「ロスカの真嶋としての気持ちしか聞いていていない。真嶋茉白としての君の気持ちは？」

強く抱きしめられ、茉白に遙斗の温もりと鼓動が伝わる。

茉白は遙斗の背中に恐る恐る手を回し、遠慮がちにギュ……と力を入れる。

「……好き……です」

遙斗が抱きしめる腕の力を強くする。

「茉白」

遙斗に呼ばれた名前が耳もとから胸に響く。

茉白は、心の中の踏み固められた雪が溶けていくような感覚を覚えた。

気づくと、遙斗の胸の中で堰を切ったように泣いていた。

「ごめ……なさ……ジャケットが……」

「余計なことは気にしなくていい」

遙斗は茉白の頭をなでて優しく言った。

「今日……」

「うん」

「莉子ちゃんが辞めるって、言って……」

茉白はまとまらない言葉でポツリポツリと話し始める。

「佐藤さんも、辞めちゃうんです……」

「うん」

遙斗には佐藤が誰だかわからないはずだが、茉白の言葉を相づちを打ちながら静かに聞いている。

「莉子ちゃんのことは……妹みたいに思ってて、でもいろいろ教えてもらって……」

「莉子先生だもんな」

茉白は泣きながら、胸の中で小さくうなずいた。

「影沼さんは……数字がすべてって言って……」

「うん」

「アムゼルの人は、企画書、見てもくれなくて……」

「うん」

「私の絵じゃ、なにもわからないって……」

「それはちょっとアムゼルに同情するけど……」

茉白は一瞬黙る。

「なんでもない」

「今まで大事にしてきたことが全部、ダメって言われて……」

「うん」

「でもたしかに受注の数字は伸びてて……でもそれも、今日の莉子ちゃんの話を聞いたらよくわからなくて……」

「うん」

「父は……」

茉白が言葉を詰まらせる。

「お父さんが？」

「……父は、ロスカは影沼さんが継ぐって」

茉白の手が遙斗のジャケットをギュッと強く掴む。

「どこかで、ロスカは私が継ぐって思ってたんです。娘だからとか、そんなんじゃなくて……ロスカが好きで、誰よりも努力してきたつもりだから。でも、そんなの……私の思い込みだったみたいで……」

そこまで言うと、茉白は言葉をなくしてまた泣きだした。

「そうか」

遙斗は茉白を抱きしめながら、ときどきなだめるように頭をなでた。

「茉白はどうしたい？」

しばらくして茉白が泣きやむと、遙斗は茉白の目を見て聞く。

「え……」

「茉白が助けてほしいと言えば、俺なら助けられる」

「だ、ダメです！　それは」

　茉白は慌てたようにまた首を横に振った。

「どうして？」

「だってそれは……シャルドンには、雪村専務には、マイナスでしかないから。ご迷惑はおかけできないです」

「頑固だな」

　遙斗は困ったように苦笑いをした。

「でも、ご迷惑はおかけできません」

　想いが通じ合っても遙斗と結婚できるとは思えない以上、茉白の選ぶ道は同じだ。

「じゃあ質問を変えようか」

　遙斗は茉白の目をまっすぐ見すえた。

「影沼と結婚したいのか？」

　遙斗の質問に、茉白は言葉を詰まらせる。

「君はもう、本音を言えるはずだろ？」

　茉白は目を潤ませて首を横に振った。

「……たくない、したくないです」

遙斗はまた茉白を抱きしめた。

「雪村専務以外の人に……」

「うん」

「触れられたくない、です」

遙斗はため息をついた。

「煽るのがうまいな」

遙斗は茉白のほつれた前髪をよけ、頬に触れる。

「そんな表情でそんなこと言われたら、俺だって理性が保てなくなる」

茉白は恥ずかしくなってコクッと小さくうなずいた。

遙斗はうつむいた茉白の顔を自分の方に向かせると、唇に触れるようなキスをした。

「俺は〝専務〟なんて名前じゃない」

遙斗が茉白の耳もとでささやく。

「……は……ると……さん」

「かわいいな」

茉白の目尻に落とされた遙斗の唇は、ついばむように茉白の唇に触れ、次第に吐息ごと喰むような口づけに変わっていく。

「んっ……」

キスが深くなり、混ざり合った吐息が熱を帯びる。

茉白の手が不安げに遥斗の服を掴む。

「申し訳ないが、今夜は家まで送れそうにない」


遥斗が車を止めたのは、遥斗の住むマンションの駐車場だった。

車から降りると、指を絡めるように手をつないだままエレベーターに乗り込む。

茉白はドキドキと落ち着かず、まともに遥斗の方を見られずにいた。

そんな茉白を遥斗は時折愛おしそうに見つめた。

遥斗の部屋のフロアに降りた瞬間、遥斗が茉白を抱き寄せて唇を奪う。

「だ、ダメです」

「このフロア、俺しか住んでないから大丈夫」

「そ、そういう問題じゃ……」

「じゃあどういう問題？」

遥斗は不敵さを含んだ笑みを浮かべる。

「意地悪、です」

茉白は眉を八の字にして抗議にならない抗議をし、遙斗の熱に応えるように唇を重ねた。

高層階にある遙斗の部屋から見る夜景は、この夜を現実から遠ざける。

茉白はシャワーを浴び、彼に借りたシャツを着て恥ずかしそうに姿を現した。

「また、メイクなしの顔見られちゃいますね。泣いてドロドロの顔よりマシかもしれないですけど」

この空間に流れる独特の甘い空気に耐えられず、冗談めかして照れくさそうに頬を手で隠すが、すぐに遙斗に剥がされてしまう。

「茉白はそのままが一番綺麗だから」

そう言って茉白を見つめる遙斗の瞳は、吸い込まれてしまいそうなほど深い色で、窓の外の夜景よりもずっと幻想的に輝いている。恥ずかしくなった茉白が視線を逸らすことを、遙斗は許さない。

「あっ……」

茉白の唇を割り開くように、遙斗の熱が混ざる。不慣れな茉白に教えるように吐息を絡める。遙斗の手が茉白の髪をすくようになで、唇が首筋に落ちると、茉白は立っているのがやっとというように、遙斗の服の袖をギュッと掴む。

遙斗は茉白を抱き上げ、ベッドへと優しく下ろす。

（嘘みたい。雪村専務が……遙斗さんが私を見つめてる）

遙斗はゆっくりと茉白のシャツのボタンをはずしながら、茉白の耳もとやデコルテ、胸もと、そして徐々に敏感な箇所へと口づけをしていく。その一つひとつから熱が広がり、ボタンがすべてはずされる頃には茉白の全身が遙斗を求めて潤んでいた。

「怖い？」

優しいまなざしで聞く遙斗に、茉白は涙目で首をふるふると横に振る。

本人の意思とは関係なく、舌足らずな甘えた声色になってしまう。

「もっ……と」

「もっと……近づきたいです。遙斗さんと」

遙斗は〝参った〟というような表情でため息をついた。

「本当に煽るのがうまいな」

遙斗が茉白に口づけると、心音も呼吸も汗もひとつになるように混ざり合う。

遙斗の熱に貫かれ、その質量を感じ、夢と現実の間にいるような茉白の脳裏に、公園での遙斗の言葉が浮かぶ。

『俺は誰かの思い出になるためにいるわけじゃない』

（今夜だけ）

茉白は遙斗の首に腕を回すと、遙斗の瞳の色、遙斗の息遣い、遙斗の熱、重さ、匂い、そして。

「茉白」

名前を呼ぶ声を体に刻むように目を閉じた。


深夜三時。

茉白はまだ暗い外の景色を見ながら、もともと着ていた自分の服に袖を通した。

ずっとアパレルショップの袋に入っていたのに不思議と遙斗の匂いがしたような気がして、胸がキュンと切ない音を鳴らす。

音を立てないように注意を払い、遙斗の部屋を後にしてタクシーに乗り込む。

（魔法が解けた気分）

先ほどから止まらない涙を拭いながら、茉白はクスッと笑った。

（宝物みたいな思い出が増えたんだから、がんばらなきゃ）

遙斗と一緒にはいられない、それが茉白の答えだった。

# 第十章　終わりと始まり

遙斗と過ごした夜から数日、ロスカでの日々は変わらず過ぎていった。

あの日、目を腫らして朝帰りをした茉白を見た縞太郎は、言葉こそなかったが驚いた表情を見せた。

退職を決めた莉子は吹っきれたように明るくなり、茉白とも以前のように親しげに話すようになった。

影沼の改革は進んでいて、婚約の話もそのままだ。

『茉白』

ふとした瞬間に、名前を呼ぶ遙斗の声を思い出して、幸せと切なさが同時に込み上げる。

「あれ？　今日社長ってまだ来てないの？　聞きたい案件があったんだけど……」

茉白が莉子に尋ねた。

「どこかに立ち寄りですかね？　それより茉白さん、また出てますよ！」

「なにが？」

莉子は茉白に週刊誌を見せた。

（え……）

「雪村専務の熱愛報道！　しかも今回はツーショットありで雪村専務のマンション！
もうこれは今回こそは……」

ショックを受ける莉子の開く週刊誌には、遙斗のマンションの駐車場で手をつなぐ遙斗と茉白の写真が掲載されていた。

茉白の顔にはモザイクがかけられている。

「ん……？　なんかこの一般人のA子さんて、茉白さんに似てません？」

「な、なに言ってるの？　だいたい顔見えないじゃない……！」

「えーなんていうか背格好が」

莉子は茉白と写真を交互に見比べる。

「私そんな高そうな服持ってないし！　全然似てない！」

「うーん、それもそうか。雪村専務をゲットしちゃう一般人って何者？　年もなんの仕事してるかも書いてないし。でもいいなぁ。転職先、シャルドン系で探したら雪村専務にお近づきになれるかなぁ」

「シ、シャルドンてグループ規模が大きいからどうだろうね」

（週刊誌に載っちゃうなんて……迷惑かけないつもりだったのに）

茉白の心臓が不安そうな音を立てる。

「茉白さん」

席に着いた茉白に声をかけたのは影沼だった。

「おはようございます。あれ……影沼さん、今日はアムゼルの日じゃなかったですか？」社内のホワイトボードも、今日は影沼の出社予定日にはなっていない。

「茉白さんに話があってこちらに来ました。社長室に来てください」

威圧感のある声色で指示され、ドクドクと嫌な鼓動を感じながら彼についていく。

「これはどういうことですか？」

茉白の前に並べられたのは、週刊誌と同じ構図のカラー写真だった。茉白の顔がはっきりと写っている。

「雪村専務と茉白さんですよね？」

「なんでこの写真が……」

「先ほどこの週刊誌の編集部に行って買ってきたんですよ」

「買ってきた……」

「妻となる女性の不貞の証拠ですからね」

「私はあなたと正式に婚約していません」

茉白は影沼を睨むように言うと、影沼は笑った。

「なら、雪村専務と結婚するんですか？　ロスカも安泰ですね」

「それは……」

遙斗と立場が違うだけでなく経営の苦しいロスカを抱える自分が、シャルドンの後継者と結婚することが現実的でないのは茉白も影沼もわかっている。

「私はこんなことであなたとの結婚をやめる気はありませんよ」

「え……」

「むしろ、シャルドングループと強力なコネクションができてうれしいくらいです。茉白さんの力を借りて雪村専務の情に訴えれば、いくらでも取引ができそうです」

影沼は笑いながら言った。

「最低……」

「茉白さんはこの期に及んでまだ自分の立場がわかってないようですね。アムゼルの協力がなくなったら縞太郎さんも悲しむでしょうね」

茉白が結婚を断れば、アムゼルの協力もなくなる。それを理解しているからこそ茉白は悩み続けている。

「綿貫さんに質の悪い外国製のものを日本製にしろって言ったこと、聞きました。そんなクオリティの低いものをシャルドンが発注するはずありません」

「本当にわかってないんですね。だから茉白さんが役に立つんですよ。雪村専務の情に訴えてもいいし、イケメン専務が他人の婚約者を略奪しようとした……なんて週刊誌に情報提供するというのもスキャンダラスでいいですよね」

「そんなこと……」

茉白の心臓の音が大きくなる。

「今日これから、茉白さんの名前で雪村専務に商談のアポを入れてあります」

「え？」

「あなたの名前を出したら簡単に約束を取りつけられました。事を荒立てたくないなら、一緒に雪村専務に会っていただけますよね？」

立場の弱い茉白は、影沼の言うことを聞くしかなかった。

シャルドンエトワール本社・商談ルーム。

上機嫌の影沼と暗い表情の茉白、対照的な表情でふたりは遙斗を待っていた。

（私が影沼さんとのことを曖昧にしてきたから……）

しばらくするとドアが開き、遙斗と米良が入室する。

茉白は結局迷惑をかけてしまったといううしろめたさで、遙斗の顔をまともに見られない。

「お久しぶりです、雪村専務。ロスカの影沼です」

「真嶋さんとの商談のつもりでしたが」

怪訝な顔をする遙斗に、影沼は笑顔になる。

「今は私がロスカの営業部長をしていまして、真嶋の後任は私が務めます」

「へえ」

「本日は新商品のポーチのご紹介に上がりました」

そう言って影沼はメイクポーチのサンプルをテーブルに並べていく。

茉白はそれらのサンプルを見てあぜんとした。形のゆがんだ、とてもクオリティが高いとは言えないもので、茉白にはすぐに綿貫が言っていたものだとわかった。

遙斗はポーチを手に取ると、茉白との最初の商談のときのようにファスナーを何度か開閉し、中の縫製のクオリティをチェックする。そしてあきれたようにため息をついた。「話にならないひどいクオリティですね」

（やっぱり……）

「このクオリティのものは、うちでは取り扱えません」

遙斗の声は乾いている。

「茉白さんの会社の商品でも……ですか？」

「影沼さん！　やめてください！」

茉白が影沼の言葉を遮ろうとする。

「おっしゃっている意味がわかりません」

表情を変えずに言う遙斗を見て、影沼は先ほどの写真をテーブルに広げた。

「彼女はいずれ私と結婚するというのにこんな写真を撮られておいて、よくそんなことが言えますね」

遙斗は写真を一枚手に取り、無言で眺めている。

「これからも商品を仕入れていただいていい関係を築いていけるなら、彼女に婚約者がいることを週刊誌には言いませんよ。御社もロスカも傷つかずに済む」

「影沼さん！」

「そうですね、仕入れてもいいですよ」

「え……」

遙斗の言葉に茉白は耳を疑った。

「雪村専務……そんな……」

　自分のせいでシャルドンがクオリティの低い商品を仕入れようとしている。そんなことが起こるとは思わなかった。

（迷惑をかけたくないって言ったくせに……）

　茉白は申し訳なさでうつむいた。

「真嶋さんが、これをロスカの名前で販売したいと言うなら、ですが」

　思いもしない発言に、茉白は思わず顔を上げる。

「ロスカの商品は現在弊社では売上好調なデータが出ているし、それを根拠にすればクオリティの低い商品でも一度くらいは仕入れられますよ」

　遙斗の口調は淡々としていて感情が読めない。

「ただし、その先の売上は見込めないでしょうから、売れなければ切りますが」

「そこを雪村専務の権限で仕入れ続けてほしいと言っているんですが？　わかりませんか？」

　影沼が返す。

「はぁ」

　遙斗はまたため息をついた。

「真嶋さんが守りたいロスカは、こんなものを売る会社なのか？」

「え……」

「君が犠牲になった結果がこれでいいのか？」

遙斗は茉白の方を見た。

「それは……」

「茉白さん、アムゼルの協力がなければロスカは本当につぶれますよ」

影沼が茉白に言い聞かせるようにささやく。

遙斗と影沼の言葉が、茉白の中で交互に繰り返される。

「商品のクオリティが下がって、信頼していた仲間は辞めて、社長は彼の言いなり。それは真嶋さんが守りたいロスカなのか？」

遙斗は茉白の目を見すえた。

茉白の脳裏に父と母、そして莉子たちロスカの社員の顔が浮かぶ。

「……違います」

「茉白さん！　いいんですね？　ロスカがつぶれても――」

「いいです」

茉白は影沼を見ず、遙斗の目をまっすぐ見た。

「こんなの、ロスカの商品じゃないです。ロスカの名前で売りたくないです。これからずっとこんなものを売り続けるなら、ロスカはつぶれた方がマシです」

影沼はわざとらしく大きなため息をついた。

「……信じられないな、縞太郎さんも娘に裏切られてがっかりするだろうな」

影沼に吐き捨てるように言われて、茉白の心がズキッと痛み、涙があふれる。

（仕方ないけど、ロスカはもうダメだ）

茉白がなによりも大切にしてきたものが失われようとしている。

「そうだな。これでロスカはつぶれる」

現実を突きつけるような遙斗の言葉に茉白の息が詰まる。

（なくなっちゃうんだ……）

「だから今日からは、新しいロスカになる」

遙斗は冷静な口調で言い、また茉白を見た。

「え……？」

「ロスカはシャルドンが買収する」

茉白は遙斗の言葉の意味を、まったく理解できない。

「買収……？」

状況をのみ込めない茉白に、遙斗がうなずいた。

「ロスカはシャルドングループの傘下に入る」

(買収？　傘下？)

「天下のシャルドンも、後継者は頭が悪いみたいだな」

呆気に取られていた影沼が口を開く。

「シャルドンになんのメリットもない会社を、女のために買収するなんて」

(メリット……そう)

「そうです。シャルドンになんのメリットもないのに、買収なんてダメです」

茉白はやっと状況がのみ込めた。

「ダメです」

茉白は首を横に振る。

「メリットなしに買収するわけないだろ」

遙斗は茉白に向けて言った。

「小さくなる折り畳み傘」

遙斗の口から出たのは意外な言葉だった。

「ロスカはあの傘の構造で特許を取ってる。その特許ごとシャルドンが買う」

「でもあれは、売れなかった商品で……」

「前にも言ったけど、ロスカはプロモーションが下手すぎる。あの傘は小さなバッグに入れられる上に畳むのが簡単な点で、世間のニーズに合っている。ロスカはカタログ作りから商品のタグまで、それを伝えるのが下手だったから売れなかったんだ。シャルドンのプロモーション力があれば必ず売れる」

「本当ですか……？」

信じられないという顔で茉白が聞いた。

「君のお父さんは優秀な発明家だったみたいだな。ほかにも特許をいくつか持ってる。なぜか本人が忘れているものばかりだが、それも洗い出して商品化の企画をしていくつもりだ」

茉白には縞太郎が忘れている理由がなんとなくわかった。

「父はそういうことに無頓着な人間なので、きっと母が申請したんだと思います。って、え？　父に会っ――」

そのとき誰かがドアをノックした。

「失礼します」

部屋に入ってきたのは、スーツ姿にショートヘアの女性だった。

「彼がアムゼルの責任者です」

米良が影沼を指した。

「影沼常務、先日納品いただいたマニキュアですが」

米良が今度は影沼に声をかける。

「提出いただいている商品カルテにもラベルにも〝日本製〟と書かれているのに、日本での使用が禁止されている成分が検出されましたよ。なぜでしょうね？」

米良は冷たい口調でにっこり笑った。

「そ、それは……」

「彼女がコスメ部門の商品管理の責任者です。別室でいくつか質問させていただきますので、どうぞそちらへ」

（マニキュア……）

茉白はアムゼルで見た外国語の書かれた箱を思い出した。

（もしかして偽装……？）

茉白に色を選ばせたマニキュアも日本製ということになっていたが、生産スピードを考えると、おそらく安い外国製のマニキュアを仕入れてラベルを貼り替えて販売していたのだろうと想像がつく。

「週刊誌に情報提供しますよ？　他人の婚約者を寝取ったって」

影沼が往生際悪くわめき散らす。

「好きにしろよ」

遙斗が心底面倒くさそうに吐き捨てた。

「あなたと彼女は正式に婚約なんてしていないし、婚約していたなんて証言する者もいないだろう」

「そ、そんなこと……」

「だいたい、週刊誌なんてとっくに根回し済みだ。あなたではどうにもできない」

〝根回し済み〟の言葉に、茉白は驚く。

影沼はうなだれて部屋を出ていった。

影沼がいなくなり、茉白、遙斗、米良の三人になった商談ルームはしばらくシン……と音を失う。

「根回しって……？」

口を開いたのは茉白だった。

「人の新婚旅行中に面倒な依頼をしてくる大迷惑な御曹司がいまして」

米良がうんざりしたような表情を浮かべる。

「写真を撮られたと思うから、茉白さんの情報はいっさい出させずに、でも記事は掲載させろって無理難題を押しつけられました」

「え、撮られたって、気づいてたんですか？　ならどうして掲載させろなんて」

「一緒の雑誌に載ったらうれしいんだろ？」

「は……？」

遙斗が意地悪な笑顔を見せる。

「というのは冗談だけど、こうでもしないと事が動かないからな。どうせあのまま影沼と結婚するしかない、とか思ってたんだろ？」

「……はい」

茉白はバツが悪そうに答えた。

「よく記者に張られてるなとは思ってたんだ。マンションの駐車場のセキュリティが甘すぎるのは、これを機に管理会社にキツく言っておかないとな」

遙斗は面倒そうにボヤく。

「あの……買収って……」

「あ、遙斗、茉白さんに肝心なこと言ってないだろ」

米良が遙斗の肩を叩く。

「そうだった」

茉白はなにを言われるのかわからずキョトンとしている。

「シャルドンがロスカを買収するのにはひとつだけ条件がある」

「条件？」

「社長は真嶋茉白。それ以外は認めない」

あまりにも予想外の言葉に、茉白はポカンとする。

「私が社長……？」

遙斗はうなずいた。

「む、無理ですそんな！　急に社長なんて」

茉白は驚いて、また首を横に振った。

「いつかは継ぐつもりだったなら、覚悟はできているはずだ。いつかが今になっただけだろ？」

「で、でも」

「ロスカが大切なら、茉白が自分で守れ」

遙斗が茉白の目を見た。

「私が……自分で？」

「何度も言うが、ひとりで抱え込む必要なんてない。俺も米良もサポートするし、シャルドンは茉白を一人前の社長にする教育だって受けさせてやれる」

遙斗は茉白を安心させるような提案をする。

「茉白さんなら大丈夫ですよ」

米良もにっこり笑って励ました。

「だってまだ二十八……」

「二十代の社長なんて珍しくもない」

「そ、それに父だって」

茉白は父から会社を取り上げるような罪悪感を覚えると同時に、父は自分に会社を継がせたくないのではないかと不安になった。

「真嶋社長も賛成してる」

「え？　あ、そういえばさっき父に会ったようなこと」

「先ほどまで別室でお話しさせていただいてました」

「そうなんですか？」

「アムゼルの不正の件、買収話とそれから茉白を新社長にという件だ」

「父は……私に継がせる気はなかったはずでは」

茉白は恐る恐る聞いた。

「父親だからな。経営の大変さを知ってるから、茉白にはもっとラクに暮らしてほしかったみたいだ」

茉白の知らない父の気持ちだった。

「俺と米良からは、茉白と初めて商談した日から今までのことを話した。どれだけロスカを想っていて、どれだけ優秀な企画営業か」

遙斗や米良が、自分をそんなふうに評価してくれているとは思わなかった。

「影沼の件も、茉白に会社を継がせずラクをさせてやりたいって親心だったらしい。俺からしたら、正直ぶん殴りたいくらい余計なことだったけどな」

遙斗は困ったように笑った。

「縞太郎さんは、茉白が継ぎたくて継ぐなら協力は惜しまないと言っていたよ」

気づくと茉白の目からまた涙があふれていた。

親心に触れたからなのか、張りつめていたものが解かれたからなのか、はっきりとはわからない。

「だから茉白が社長になってロスカを引っ張って、守っていけばいい。まずは失いかけた信頼を取り戻すところからだな」

茉白は涙を拭いながらうなずいた。

「はい……ありがとうございます、がんばります……」

遙斗の話では、アムゼルはコスメの品質がここ最近目に見えて低下していて、シャルドンでの取り扱いがなくなる寸前だったらしい。それに加えて、品質偽装や下請け先への不正な取引の持ちかけ、社内での行きすぎたハラスメント行為など黒い噂が絶えない。アムゼルとしてビジネスを続けていてもシャルドンをはじめ、大手企業から相手にされなくなるのは時間の問題だったようだ。

それに焦った影沼が、パーティーで遙斗や米良と親しげに話していた茉白に目をつけ、シャルドンでの売上が好調なロスカに支配的に入り込み乗っ取るような形で利用するつもりだったようだ。

「茉白と結婚すれば、ロスカの信頼性ごと社長の座が手に入って、新しい社名で品質偽装もできて、ブラックな体制のまま大手企業との取引も再開しやすいからな」

(あのまま結婚していたら……ロスカはきっとすぐになくなってた)

茉白は背筋が凍るようにゾッとした。

「それにしても、茉白さんと出会ってから見たことのない遙斗がいろいろ見られて、ここ最近おもしろかったですよ」

米良が楽しそうに言う。

「おい……」

遙斗が米良を睨んだ。

「子どもみたいに拗ねたり、焦った表情をしたり。うちの社長に頭を下げてるところも初めて見ました」

「頭を？　どうしてですか？」

「しょうがないだろ？　いくら特許があっても利益になるのは未来の話だ」

「え……そんな、そこまでしていただいたんですか」

「本当に米良は余計なことしか言わないよな……」

遙斗の口ぶりは不機嫌そのものだ。

「茉白さんだけですよ、遙斗にここまでさせるのは。よほど茉白さんのことが好きなんですね」

茉白は恐縮と照れくささが混ざり、どんな顔をしたらいいのかわからない。

「米良、お前な……」

「新婚旅行を邪魔されたお返しだ」

米良はわざとらしくにっこり笑う。

「だからもう一回休ませてやるって言っただろ?」

遙斗は不満そうに口を尖らせる。

「じゃ、私は後始末とか今後の準備とかいろいろと忙しいので」

そう言って米良は部屋から出ていった。

また沈黙が訪れる。

「え、えっと……なんだかいろいろありすぎて頭が整理できそうにないです」

茉白は遙斗とふたりきりになって気まずそうにこぼした。

「単純な話だろ?」

「え?」

遙斗が茉白を抱き寄せる。

「茉白がロスカの社長になって、俺と結婚する。それだけの話だ」

茉白はキョトンとした表情で遙斗を見た。

「今、なんて――」

――ピコン!

そのとき、茉白のスマホの通知が鳴った。

――ピコン!

――ピコン！

――ピコン！

「え⁉　なに？」

画面を見ると、ＳＮＳの通知が次々と表示されていく。わけもわからず眺めていると【塩沢莉子】と画面が切り替わる。

（莉子ちゃん……？）

「もしもし？」

『あ！　茉白さーーーん！』

興奮したような莉子の声は、遙斗にも聞こえるほど大きい。

「どうしたの？　なんか通知が止まらないんだけど」

『聞いてください！　今日スワンさんに最後の挨拶に行ったんですけど』

「うん」

『そしたらなんと！　レダさんがいて！』

「レダさんってインフルエンサーだったっけ？」

『ですです！　なんとレダさんってスワンさんの常連さんで、いつもスワンさんで雑貨買ってるんですって！　今日なんて、スワンさんの店内がレトロでかわいい～って投稿してたんですよー！』

「そ、そうなんだ」

『それで、私もスワンさんのおばあちゃんの大ファンだって言ったら意気投合して！ レダさんがロスカのアカウントをフォローしてくれて！ ウチの商品もタグ付けして紹介してくれたんです～！』

それで通知が止まらなくなったようだ。

『それでね、茉白さん。スワンさんのおばあちゃんもSNSとか楽しそうねって言って、まずはメールから始めてみようかしらって言ってくれたんです』

「え……」

『だから、私は辞めちゃうけど……スワンさんはメール注文にしてくれそうだし、レダさん効果で売上が伸びると思うので……取引、やめないでください……』

莉子がしんみりした声で言う。

（そっか、莉子ちゃんはまだ影沼さんがいなくなったって知らないんだ……！）

「あのね、莉子ちゃ――」

茉白が言いかけたところで、遙斗がスマホを取り上げた。

「もしもし莉子先生？」

『え？　誰？　茉白さんは⁉』

急に男性に変わったので莉子は戸惑った声になる。

「雪村です」

『……え？　ええ⁉　雪村専務？　なんで？　茉白さんのスマホですよね？』

突然電話口に雪村遙斗が登場し、莉子は軽いパニック状態だ。

「茉白が寂しがるので、辞めるのやめてもらえますか？」

遙斗の電話を聞いていた茉白も驚いて、思わず両手で口を押さえる。

『え！　〝茉白〟って！　え⁉　あっ！　じゃああの週刊誌ってやっぱり――』

遙斗は莉子が言い終わらないうちに電話を切り、そのまま電源もオフにした。

「り、莉子ちゃんパニックになってましたけど……大丈夫かな？」

「さあ？　今はこっちの話の方が大事だろ？」

茉白は遙斗に真顔で見つめられて赤面する。

「え、えっと……さっき……結婚とかって……」

「言った」

茉白は首をぶんぶんと大きく振った。

「む、無理です……！　雪村専務と私なんかが結婚なんて……」

「なんかって。俺は君がいいんだけど」

「無理です！　社長になるより無理かも」

茉白は下を向いて目を逸らした。

「君は〝無理〟と〝ダメ〟しか言わないな」

遙斗はため息をついた。

「だ、だって……雪村専務はみんなが憧れてるような人で」

「じゃあ、俺がそのみんなの中の誰かと結婚してもいいのか？」

茉白はハッとする。

「俺は茉白が影沼と結婚するって言ったとき、ものすごく嫌だった」

「私だって……嫌……です」

茉白は困ったような上目遣いで遙斗を見た。

「でも、雪村専務はやっぱりすごい方だから……」

「俺は全然そんなふうには思わない。茉白が俺にふさわしくないとか自信がないって言うんなら、自信が持てるようにロスカを成長させればいいだろ？　だいたい俺はまだ専務だけど、茉白は社長だしな」

「会社の規模が全然違──ん……っ」

反論しようとする茉白を抱き寄せ、その唇を遙斗が塞ぐ。

「往生際が悪すぎる」

真っ赤になる茉白の額に、遙斗は額をコツンとつけた。

「いい加減本音を隠すのはやめて、素直にイエスと言ってくれないか」

遙斗の言葉に、茉白の眉がまた八の字になる。

「……はい」

遙斗は優しく微笑んで、茉白の額や頬に優しく触れるようなキスの雨を降らせると、そっと抱きしめた。

「さっきここに来たときは、全部おしまいだって思ってたのに……今はこんなに幸せで、やっぱり頭がうまく整理できません」

遙斗の腕の中で茉白が言った。

「雪村専務に」

「俺の名前は専務じゃないって、この前教えたはずだけど？」

「……遙斗さんに出会ってから、いろんなことがうまくいき始めて、考え方も変わって。世界がキラキラして、魔法みたいです」

茉白が遙斗にギュッと抱きついて言うと、遙斗は茉白の頭をなでた。

「魔法なんかじゃなくて、全部茉白が自分で手に入れたものだ」

遙斗は茉白にそっと口づける。

「ん……っ」

次第にキスに熱がこもり始め、茉白は鼓動が速くなって落ち着かない。

「あ、あの！　よく考えたらここ会社でした！」

照れてパッと離れた茉白に、遙斗は少し不満げだ。


その日の夜、遙斗はあらためて茉白を食事に誘い、その後はラグジュアリーホテルの一室で過ごすことになった。

部屋に入るなり、遙斗は茉白を抱き上げ、ベッドに連れていく。

「あ、あの！」

ベッドに下ろされた茉白は、食べられてしまいそうなほど貪るようなキスを浴びる。

「ん……遙斗さ……」

「あの日」

遙斗が茉白を上から見つめる。

「予想はしてたけど、朝起きて君がいなくて」

「だって、あのときはあの夜だけって思ってたから」

茉白は申し訳なさそうに答えた。

「だから全然足りない」

遙斗は茉白をシーツの上に組み敷く。

「あんまり見ないでください」

茉白は熱くなった顔を背けようとするが、遙斗に唇ごと奪われて逃れられない。

「ん、ふ……ぁ……」

全身に唇を落とされ、熱っぽい吐息が混ざるたび意識が飛びそうになる。

唇が耳に触れる距離でささやかれ、遙斗の指によって与えられる体の奥からの刺激で茉白は意識が遠のく。懇願するように、溺れたように、遙斗の袖口を掴む。

「茉白、かわいい」

「好き、です」

それだけ言うのが精いっぱいだった。

「俺も、好きだ」

遙斗が優しく微笑み、茉白の額に口づける。それからまた吐息が混ざるようなキスを交わす。一瞬の強い刺激が茉白を貫き、全身を溶かすような甘い熱へと誘う。そのままふたりの心音も溶けてひとつになるような幸せな時間が訪れる。

この夜、遙斗は茉白を逃さないとでもいうように、ベッドの中でうしろから抱きしめていた。

「そういえば、遙斗さんに聞きたいことがありました」

茉白の声は少し眠そうだ。

「ん？」

「どうして〝クロ〟なんですか？」

茉白はあのSNSアカウントのことを聞いてみた。

遙斗が珍しく答えたくなさそうに沈黙す。

茉白はクルッと向きを直して遙斗の顔を見た。

「『黙られると余計気になる』って最初の商談のときに遙斗さん、言ってましたよね」

茉白は興味津々の笑顔を見せる。

「……時計（クロック）とワニ（クロコダイル）」遙斗は小さな声でボソッと答えた。

「え……」

眠たげだった茉白の目がパチッと開き、遙斗が照れくさそうな顔をする。

（あのとき、商品化も楽しみにしてくれてたし……）

「ワニ、そんなに気に入ってたんですか？」

「……別に」

今度は照れくささをごまかすような、不機嫌そうな声で言った。

（あの雪村専務が……かわいすぎる……）

「私が社長になったら、ワニの商品いっぱい企画しますね！」

茉白はイタズラっぽく微笑んだ。

「またあのワニの絵が見られると思うと、涙が出るほどうれしいな」

茉白と遙斗は幸せそうに笑い合った。

これからずっと解けない魔法にかけられて。

Fin.

# 特別書き下ろし番外編

## 茉白のウエディングドレス

シャルドンエトワール本社・役員室。

「米良、この案件の進捗どうなってる?」

苛立ちを含んだ声色で遙斗が米良に書類を見せる。

「滞りなく進行中」

米良はいつも通りの落ち着いた冷静な口調で答える。

「こっちは?」

「こちらもとくに問題ない」

遙斗は問題がないことがかえって腹立たしい、というような表情を浮かべる。

「遙斗、なんかここ最近露骨にイラついてるな」

米良はやれやれという顔をした。原因はなんとなく予想がついている。

「ここのところ、茉白さんの顔を見ていない気がするけど?」

遙斗は米良の言った通り、露骨にムスッとした顔をする。

「ケンカか」

米良は「くだらないな」とため息をつく。

茉白がロスカの後を継ぐと正式に決まってから四カ月。まずは社長見習いとしてロスカの経営について学んでいる。

遙斗と茉白の結婚も正式に決まり、よくシャルドンの役員室を訪れては、遙斗と仕事のミーティングをしたり、仕事の後には結婚式の打ち合わせを行ったりしていた。

「秘書として一応聞いておきたいんだけど、ケンカの原因は？」

「お前……おもしろがってるだろ」

遙斗は米良を睨むように見たが、米良はニヤニヤと笑っている。

遙斗は気に入らないという表情でため息をついた。

「茉白の絵が下手すぎるのが悪い」


三日前。

茉白はいつもの通りこの部屋で、遙斗と結婚式の打ち合わせをしていた。

にこにこと笑顔で結婚式関連の資料をめくる茉白を、遙斗も微笑ましいという顔で眺める。結婚式に向けて、茉白の髪もずいぶんと伸びた。

『ドレスどれにするか決まったか？』

もう何度かドレスの試着をしているが、茉白はまだ決められずにいた。

『そのことなんですけど』

『ん？』

『やっぱりオートクチュールにしたくて』

茉白は遠慮がちに言った。

『ああ、いいと思うよ。一生に一度のことなんだし、後悔しないようにしたらいい』

優しく微笑んだ遙斗に、茉白もホッとした笑顔を見せる。

『でもオートクチュールって、デザインは？　どこかのブランドに頼むのか？』

『あ、えっとそれは――』

なにかを言いかけたタイミングで、茉白の目の前のファイルから紙が一枚ペラッと遙斗の足もとに落ちた。

『なんだこれ』

遙斗は紙をまじまじと見る。それは茉白の描いた絵だった。

『おばけ？』

『違いますっ』

『え？』

『……ドレスのデザイン画です』

茉白は恥ずかしそうに顔を赤らめた。

『ぷっ』

相変わらずの茉白の画力に、遙斗は思わず噴き出してしまった。

『どう見てもおばけかなにかだろ。あはは』

遙斗が茉白の絵を見て笑うことは珍しくない。いつもなら茉白も恥ずかしそうにするだけだ。いつもなら。

だがこの日の茉白は、笑う遙斗に対し無言になり、困ったような悲しいような表情で眉を八の字にした。

『なに？　どうした？』

笑いの残った顔で遙斗が聞いた。

『……おばけなんて、ひどいです』

『いや、でもこれどう見ても……ふっ』

遙斗はまた笑い声を漏らす。

『がんばって描いたのに、なのに』

『え』

茉白の目は今にも泣きだしそうに潤んでいる。

『……今日は帰ります』

茉白は荷物を手に立ち上がると、ドアに向かった。

『え、なんだよ、どうした？』

遙斗は茉白の肩に手を掛けて、振り向かせるように静止する。

『デザイン画、下手なのはわかってるけど一生懸命描いたんです』

茉白は伏し目がちにポツリとこぼした。

『いや、茉白ががんばって描いたのはわかるけど、いや……でも、ふ……』

遙斗は先ほど見た絵を思い出して、思わずまた肩を震わせてしまった。それを見た茉白は一瞬でショックを受けたような、悲しいような、怒っているようなフクザツな表情になった。

『もういいです！』

そう言って茉白は遙斗の手を振り払うようにして部屋を出ていった。

「で、そこから電話しても出ないし、メッセージを送ったら【しばらく会いたくありません】って」

遙斗はまたため息をついた。あいにくロスカとの仕事も急ぎのものは終わっているため、打ち合わせの予定もない。

米良はあきれたような目で遙斗を見た。

「なんだよ」

「茉白さん、かわいそうに」

米良の視線に遙斗は顔をしかめる。

「ドレスをオートクチュールにしたいなんて、普段の茉白さんなら『そんなの贅沢です』とか言って、絶対自分から希望を口にしないんじゃないか?」

米良は遙斗を刺すような目で見た。

「絵だって普段なら笑われても本気で怒ったりはしないのに」

遙斗の眉間のシワがくっきりとする。

「その茉白さんがそんなに怒るなんて、よっぽど大事なデザインだったんだろうな。なのにお前は」

「そんなこと、言われなくても俺が一番わかってる」

遙斗は米良が言い終わる前に不機嫌そうに口を尖らせた。

「だけど」

遙斗はデスクの引き出しを開けて紙を一枚取り出した。

「茉白の絵ってこれだぞ？」

それは茉白が置いていったドレスのデザイン画だった。

「ぷっ……あ」

絵を見た米良も、思わず噴き出してしまった。

「ほら、笑うだろ？　この画力でドレスのデザインなんて無謀にもほどがあるだろ」

「茉白さんの画力についてはノーコメントだけど、さっさと謝れよ」

米良は笑いをこらえた顔をしている。

「謝る？　俺が？」

「どう考えても遙斗が悪いからな」

「悪いのは茉白の画力だろ」

遙斗は不服そうに言った。

「いつまでも不機嫌そうにしていられると会議の雰囲気も悪くなるし、俺が困る」

「でも俺は悪く――」

「茉白さんは偉いよな。最初の商談でも居酒屋でも、素直に頭を下げて謝って」

遙斗は返す言葉が見つけられなかった。

＊＊＊

遙斗と米良が話していた翌日。

「えー！　それでケンカしちゃったんですか？　雪村専務と！」

ランチの時間、茉白とロスカの近くにあるオープンテラスのカフェに来た莉子がいつもの高めのテンションで驚いてみせた。

「ケンカっていうか、一方的に怒って帰ってきちゃったたっていうか」

茉白はアイスティーのストローをいじりながら、しょんぼりと肩を落とした。

「だって遙斗さんひどいんだもん。私は一生懸命描いたのに」

「えーでも、茉白さんの絵ですよね」

莉子は普段の茉白の絵を想像したのか、遙斗に同情するような口ぶりだ。

「あ、莉子ちゃんまで……ひどい」

落ち込む茉白に、莉子はニヤッとした笑みを浮かべる。

「それにしても、あの雪村専務とケンカなんて、茉白さんて本当に雪村専務の婚約者なんですね〜遙斗さんだって〜」

莉子の言葉に茉白は頬を赤らめる。

(私だっていまだに信じられない。あの雪村専務と結婚するだなんて)

「あれ？　でももう雪村専務と一緒に住んでるんじゃないんですか？」

莉子が不思議そうに聞いた。

「ううん、まだ。結婚式の前には引っ越す予定だけど」

「でも茉白さんてほぼ毎日雪村専務のお家から通勤してません？」

「え！」

(なんでバレてるの？)

「だって最近毎朝、地下鉄の駅から来てますよね」

莉子がまたニヤッとする。

ロスカの最寄り駅は地上路線の電車と地下鉄の二路線がある。茉白の家からは地上の駅を利用するが、遙斗の家からだと地下鉄に乗ることになる。

「もー本当に目ざといなぁ。名探偵莉子ちゃん」

茉白は今でも縞太郎と一緒に実家で暮らしているが、仕事の後まで遙斗と一緒にいた日は帰り際に離れがたくなってしまい、ついついそのまま彼の家に泊まることが多くなっていた。遙斗の仕事が終わるまで茉白がひとりで彼の帰りを待つこともある。

(もう何日も会ってないな……)

『茉白、かわいい』

ふと思い出した遙斗の声は、最後に遙斗と過ごした夜のものだった。茉白は全身でキュンとしてしまう。遙斗の家で過ごす日は、当然のように甘くとろけるような夜を過ごしている。

つい、遙斗の手の感触や息遣いを鮮明に思い出してしまい、茉白は沈黙して頬をさらに赤く染める。

「茉白さん、ここ、襟のところ。キスマークが見えちゃってます」

莉子が自分の襟もとを指でさして小声で茉白にささやく。

「え⁉」

茉白は焦ってバッと襟もとを手で隠す。

「なーんちゃって」

莉子はイタズラっぽく舌を出す。

「もしかして嘘？」

「あたり前じゃないですか！　だって茉白さん、何日も雪村専務に会ってないって言ってたのに」

莉子は悪びれずに言った。

（そうだった油断した）

茉白はまた頬を染めて肩を落とした。

「そんなに大好きで会いたいって思ってるなら、さっさと謝って仲直りしたらいいんじゃないですか？」

「それはそうなんだけど……」

『どう見てもおばけかなにかだろ。あはは』

遙斗のおかしそうに笑う顔を思い出し、茉白は頬を小さく膨らめた。

（あんなに笑わなくたっていいじゃない！　私は真剣にデザインしたのに！）

「ううん！　ダメ、今回のことは絶対私からは謝らない！　向こうが悪いんだから！」

「えー……」

莉子はがっかりした顔をした。

「ところでそのデザイン画って、佐藤さんに描いてもらうんじゃダメなんですか？　茉白さんのウエディングドレスなら喜んで描いてくれると思いますけど」

影沼の一件で一度は退職を決めたデザイナーの佐藤だったが、茉白から連絡すると喜んでロスカに戻ってきてくれた。

「んー、佐藤さんとかほかの本職のデザイナーさんに描いてもらった方がいいのはわかってるんだけど、まずは自分で描いて遥斗さんに見せたかったの。大事なデザインだから」

（遥斗さんにデザイン画を見てもらったら、伝えたいことがあったのにな）

今回のウエディングドレスのデザインには、茉白のある想いが込められていた。

「ふーん。でもそんなふうに意地張ってて大丈夫なんですか？」

「え？」

「だって雪村専務ですよ？　周りは全員ライバルみたいなもんじゃないですか。婚約者とケンカ中だなんて知られたら……結婚前の最後のチャンスだって、みんな本気出しちゃうんじゃないですか？　誘惑されて、浮気からの本気……みたいな？」

「え……」

（え、まさかそんな遥斗さんに限って）

莉子の言葉に茉白は青くなって固まった。

急に不安がよぎる。

（だいたい、遥斗さんにはいつも米良さんがついてるし、米良さんは私の味方のはず）

少し安心する。

（でも、すっごく美人でかわいくて性格もいい人が現れちゃったら？　アパレルとか

コスメ系って綺麗な人がいっぱいいそうだし、あのパーティーのときだってみんなキラキラしてた)

また青くなる。

(私とだって米良さんに内緒で食事に行ったりしたし)

さらに不安が募る。

(いや、でもそんな人じゃないはず……)

茉白が表情をくるくる変えるのを見て、莉子は気の毒に思ったのか苦笑いしている。

「無理に謝らなくてもいいですけど、ちゃんと話し合った方がいいと思いますよ」

「……うん、そうだよね」

莉子と話した日の夜、茉白はベッドの上で無言でスマホをじっと見つめていた。

ケンカをしたその日に着信とメッセージが届いて以来一週間、遙斗から連絡はない。

茉白もつい意地を張って【しばらく会いたくありません】と送ってしまったため、それ以来連絡しづらくなってしまっていた。

(これ……遙斗さん、どう考えても怒ってるよね)

茉白は困り顔でため息をついた。

(たしかにあの日はちゃんと理由を言わずに帰ってきちゃったし……でもあんなに笑ったのはひどくない？　最後の最後まで。私がドレスでずっと迷ってたって知ってるはずなのに……)

茉白はふたりでドレスの試着に行ったときのことを思い返す。

『とってもお似合いですよ！　こちらのドレスはお花のあしらいが全体に散りばめられていて華やかでかわいらしい感じですけど、マーメイドラインなので子どもっぽくはならずにエレガントな雰囲気で着こなしていただけるかと思います』

ブライダルサロンのスタッフがにこやかな笑顔で説明する。

『やっぱりマーメイドラインも大人っぽくていいなぁ……んーでもこれもお花かぁ』

茉白は鏡に写る自分のうしろ姿を、振り返って覗き込むようにしながらつぶやいた。

『どうですか？』

顔をくるっと前に向け、目の前の椅子に座る遙斗に意見を求めた。

『似合っているとは思うけど、なんかしっくりきてないんじゃないか？』

遙斗は茉白の表情から見透かすように言った。

『でももう三回も試着に来てるし、そろそろ決めないと』

『別に時間はまだあるんだし、納得いくまで試着して決めたらいい。気に入ったのがないんだったら好きなブランドのオートクチュールにしてもいいし』

『オートクチュールはさすがに贅沢かなって』

『シャルドングループ後継者の結婚式なんだから、相応の贅沢はしてもらわないとな』

遙斗が不敵さを含んだ笑顔を見せた。

『え……』

一瞬で茉白の肩に力が入り、眉間には困ったような縦線が入る。

茉白の頭には広い会場を何百人というゲストが埋め尽くしている図が浮かぶ。

そんな茉白を見て遙斗は笑う。

『シャルドンのことを気にする必要はないけど、当日俺の隣に立つ茉白が後悔したような顔をしているのは嫌だな。だから今日焦って無理に決める必要はない』

(忙しいはずなのに嫌な顔ひとつせずに何度も付き合ってくれたたし、試着するたびに感想も言ってくれたんだよね)

茉白はため息をついた
(本当は優しいってわかってるのに。説明もせずに怒っちゃったこと、謝らなくちゃ)

翌日の仕事帰り、茉白は思いきってシャルドンの本社を訪問した。

「茉白さん」

エントランスで茉白を出迎えたのは米良だった。

「こんばんは。アポなしでごめんなさい」

「いえいえ。少しご無沙汰ですね」

「え、でも最後に来てからまだ一週間くらいしか……」

「一週間前まではほぼ毎日お会いしてましたからね」

米良が笑って言うと、茉白は恥ずかしそうに照れ笑いを浮かべた。

「それで……あの、遙斗さんは」

ここ最近は茉白との打ち合わせのため、この時間は予定を空けてくれていた。

「それが、あいにく今日は出かけてしまっていて」

「え、そうなんですか」

（米良さん抜き……？）

「なにかお伝えすることがあれば預かりますが。それとも茉白さんがご自身で直接伝えたいですか？」

米良の言葉に茉白はコクッとうなずいた。

「あの、米良さんはきっとご存じですよね……ドレスの件でケンカしちゃったこと」

恥ずかしそうに言った茉白に、米良はいつもの笑顔を見せた。

「少しだけ伺いました」

「遙斗さん、どんな感じですか？　怒ってます……よね？」

「イライラして不機嫌そうでしたね」

「やっぱり。それって怒ってるってことじゃないですか……」

茉白は不安げに言った。

「あれは怒っているというよりは、焦っていたような？」

「焦る？」

「焦っていたのか困っていたのか、茉白さんのことになると冷静でいられないみたいですよ」

「え、そ、そんなことは」

茉白は照れたように赤面した。

「それで、明日は遙斗さんのスケジュール空いてますか？」

「え？」

＊＊＊

「お前、今日から海外出張だって茉白さんに言ってなかったのか？」

茉白のシャルドン訪問の翌日、飛行機の機内で米良が遙斗を問いつめていた。

「いいだろ別に。まだ結婚してるわけじゃないんだし」

米良はまたあきれたような目で遙斗を見た。

「普通は恋人同士なら連絡するだろ。茉白さんが会社に来た意味だってわかってるんだろ？　なんでそんなに意地の悪いことするんだよ」

「別に意地悪してるわけじゃない」

「どう考えても意地悪だろ」

「はぁ……」

遙斗は米良の説教にうんざりというため息をついた。

「お前はいちいちうるさいな」

遙斗は面倒そうに窓の外を見た。

「雪村遙斗の謝罪は高いんだよ」

窓の外を見たままつぶやいた。

＊＊＊

【米良から聞いてると思うけど、今フランスに出張に来てる】

【三週間したら帰国する。帰国したら大事な話がある】

遙斗からの用件のみのあっさりとしたメッセージが届いた。

（遙斗さん、全然焦ってなんてないでしょ）

茉白は米良に言われて渋々送ったようなメッセージに、ショックを受けていた。

（三週間、ううん、ケンカしてからって考えたらひと月も会えないのに全然平気そう。

それにしても、大事な話……？）

遙斗の帰国は金曜の夜遅い便を予定しているため、土曜に会う約束をした。


翌日、ロスカのオフィス。

「わ〜！　茉白さん！　すごいクマ！」

寝不足の茉白の顔を見た莉子が心配そうな表情を浮かべる。

茉白はあのメッセージの後、悩み続けて【承知しました】というビジネスメールのような返信をしてしまった。

「大丈夫ですか？」

「うん、大丈夫……」

「じゃないですよね？」

莉子は茉白をランチに連れ出した。

「一週間連絡がないと思ったら、なにも言わずに海外出張に行っちゃったんだよ？

絶対怒ってるでしょ」

「そんなことないですよ」

「だって大事な話って」

（嫌な予感しかしない）

茉白は不安そうな表情を浮かべる。

「出張に行く前の日もね、米良さん抜きでどこかに出かけてたの」

「雪村専務ですもん、忙しいですよ～」

「それはそうなんだけど」

（米良さん抜きなのが気になる）

茉白は小さくため息をついた。

「なんか私、どんどんワガママになってるかも」

茉白は反省するような口ぶりでつぶやく。

「茉白さんかわいい」

「もー！　からかってるでしょ」

それから三週間、茉白は不安な気持ちで過ごしていた。

その間、遙斗からは一度も連絡がなかった。


遙斗が帰国する予定の一日前。

(明日とうとう遙斗さんが帰国する。そしたら次の日は大事な話)

遙斗に久しぶりに会えるうれしさと、〝大事な話〟の内容がわからないという不安の両方を抱えながら、茉白は外回りの仕事をしていた。

社長見習いになってからもいくつかの店舗はまだ自分で営業を担当し、市場の動向などを把握するようにしている。

「真嶋さん！　聞きましたよ！　シャルドンのイケメン専務と結婚するんですってね〜！」

結婚するまではとくに茉白からは仕事相手に伝える気はなかったが、相手が相手なのですぐに噂が広まっていた。

「おめでたいわね〜！　なんか最近真嶋さん綺麗になったんじゃない？」

「あはは、そんなことは。ありがとうございます」

普段はこの話題になると照れ笑いでごまかすという感じの茉白だが、ケンカして以来バツの悪そうな乾いた笑いでごまかしていた。

(大事な話がもしも……もしも別れ話だったら？　一回ケンカしたくらいでそんなこと)

商談を終えた茉白は、そんなことを考えては首を横に振って否定する、を繰り返しながら繁華街を歩いていた。

「いや、あれは茉白が……」

ふいに、聞き覚えのある心地いい声で自分の名前が聞こえてきて、茉白はその方向を見た。

(え？)

茉白の目に映ったのは、まだ日本にいないはずの遙斗だった。そして隣には、茉白の知らない女性がいた。

サングラスをしていて顔は見えないが、おそらく遙斗と同年代くらい。華やかな服装をしていてスタイルがよく、モデルかなにかをしていそうな雰囲気だ。

茉白はなんとなく声をかけることができず、人混みの中でふたりの会話に耳をそばだててしまった。親しげに話すふたりの会話は断片的に聞こえてくる。

「……茉白も驚くと思うよ」

（私が驚く？）

「……私だって、まさか……おなかの赤ちゃんが……」

（え……）

「……明後日茉白にも話す……」

茉白の顔は青ざめ、それ以上ふたりの会話を聞くのが怖くなり足早に駅に向かった。

（今の会話、なに？　赤ちゃん？）

茉白の胸は落ち着かない。

（そもそもどうして遙斗さんがいるの？　帰ってくるのは明日のはず）

『浮気からの本気……みたいな？』

莉子の言葉が頭をよぎる。

（そんなはずない……ない……けど、おなかの赤ちゃんって言ってた。だとしたら、いつから？）

『明後日茉白にも話す』

（大事な話って、やっぱり……）

茉白は力の入らない足で帰宅した。

次の日。茉白のスマホが鳴る。

【雪村遙斗】

その名前に、茉白は初めて本気で電話に出たくないと思ってしまった。それでも出ないわけにはいかない。

「はい」

『茉白？』

名前を呼ばれた瞬間、ひと月ぶりに自分に向けられたその声に、全身でうれしさを感じてしまう。

「あ、あの……」

（昨日の）

『ん？』

「……おかえりなさい」

『ただいま』

茉白の気のせいでなければ少しホッとしたような声色で、優しく笑っているんじゃないかという声だった。

いろいろと考え感情がぐちゃぐちゃになっていた茉白だが、その声を聞いただけで〝好き〟があふれてしまう。

『明日のことなんだけど』

「明日……」

『茉白に会わせたい人がいるんだ』

遙斗の言葉に、『おなかの赤ちゃんが……』というあの女性の言葉がよぎる。

茉白の心臓がギュ…と苦しげな音を立てて締めつけられる。

「はい……」

『茉白、まだ怒ってるのか？』

遙斗は茉白の声色からなにかを感じたようだった。

「え……」

『あたり前だよな』

ドレスのケンカのことなどどうでもよくなるくらい、昨日のことが気になってしまいうまく言葉が出てこない。

『とにかく明日、昼過ぎに迎えに行くから』

遙斗はため息交じりに言って電話を切った。

翌日午後、茉白の家の前に車が止まる。もう見慣れた遙斗の愛車だ。

「久しぶり」

「お久しぶり……です」

今日の遙斗は、仕事とはまた違った雰囲気のカジュアルめなジャケットにネクタイを締めていた。やはり電話よりも実物の方が茉白を動揺させる。

（……やっぱりかっこいい）

久しぶりに会う遙斗にドキドキしながらも、本当ならひと月ぶりに見るはずの顔を二日前にすでに見ていることに落胆してしまう。

遙斗にエスコートされて乗り込む車内にももうずいぶん慣れた。しかしそれも今日までかもしれないと思うと悲しくなる。

「茉白、なんだか見ないうちに痩せたか？」

「え、えっと……」

このひと月、遙斗のせいで思い悩んで食欲がなくなり体重が三キロも減った。しかしそんなことは言えるはずもなく、茉白の眉が八の字になる。

「なんかひさびさに見たな、その表情」

困ったように笑う遙斗に、茉白はまたうまく言葉を見つけられなかった。

車内では遙斗のフランス出張やその間の茉白のことを話した。お互いにあたり障りのない会話を探しているような、微妙な空気が流れている。

(そういえば、どこに行くんだろう。きちんとした格好でって言われたけど)

しばらく車を走らせた遙斗は、高級ブティックや百貨店などが立ち並ぶ街の、とあるビルの地下駐車場に車を止めた。

(今日、もしかしたらここで)

別れ話を切り出されるかもしれない、と茉白の心臓がまた嫌な音で脈打つ。

遙斗に促され、ふたりでエレベーターに乗り込んだ。こうしてふたり並んでエレベーターに乗っていると、遙斗と初めて過ごした夜のことを思い出し、茉白の胸が今度は切ない音を立てる。

(好き……別れるなんて、やだ)

「遙斗さん、あの」

「ん?」

「この間、あの……一方的に怒って帰ったりして、ごめんなさい」

茉白は微かに震える声で謝罪の言葉を口にした。

それを聞いた遙斗は大きなため息をついた。

(やっぱりまだ怒ってる。今さら遅いのかな)

茉白の不安が募る。

「本当に偉いな、茉白は」

思いがけない遙斗のひと言だった。

「え……」

「俺がこんなに準備してるのに先に謝られるんだもんな。かなわない」

茉白には遙斗の言葉の意味がまったくわからない。

「え、準備？　今日は別れ話をされるんじゃないんですか？」

「は？　別れ話？」

遙斗が顔をしかめる。

「だって一昨日、ほかの女性と——」

茉白が言いかけたところで「ピンポーン」と到着の音が鳴り、エレベーターのドアが開く。

そこはブライダルサロンにも似た雰囲気で、深いグリーンの絨毯が敷きつめられた広い部屋だった。

「いらっしゃ〜い」

明るい声で女性がふたりを出迎える。

（え？　この人）

サングラスはかけていないが、一昨日遙斗と一緒にいたあの華やかな女性だ。

「今日はよろしく」

遙斗がにこやかに女性に言った。

茉白は状況についていけず、ぼうぜんとしたまま立ち尽くしている。

「あなたが茉白ちゃんね。写真で見るより百合ちゃんに似てる！」

「え？」

〝百合〟は茉白の母の名前だ。思いがけない言葉に驚く。

「あの？　これはいったい」

「あ〜！　出た！　遙斗の説明不足！」

戸惑う茉白を見て、女性があきれたように遙斗を見る。

「今から話すんだからいいだろ。そういえば、茉白さっき一昨日がどうとかって」

遙斗が茉白に尋ねる。

「えっと……一昨日たまたま街で見かけて、遙斗さんとこちらの方が……おなかの赤ちゃんって。だからその、今日は別れ話なのかなって」

「は？」

今度は遙斗があぜんとした顔をする。

（あれ？　でもこの人どこかで見たこと）

「その勘違いは、いくら茉白さんでも看過できないですね」

女性のうしろから現れたのは米良だった。

「私の妻が遙斗と浮気なんて」

「え〜なになに？　どういうこと〜？」

「リリーと遙斗が付き合ってると思ったみたいだよ」

米良が教えると、リリーは明るくケラケラと笑った。

「あはは！　いつかのネット記事みたい。よっぽどカップルに見えるんだねー！」

「そんなことないよ」

リリーの態度に、米良が珍しく不機嫌そうな顔になる。

「リリーさん？　米良さんの奥さん……？」

「俺って信用されてないんだな」

遙斗がため息をついてボソッとつぶやいた。

「え、あの、状況が全然」

「リリー、奥にあるよな？」

遙斗の言葉にリリーが笑顔でうなずく。

「茉白に見せたいものがある」

（見せたいもの？）

遙斗が茉白の肩を抱いて、部屋の奥へと連れていく。

そこには壁で隔てられたもうひとつの部屋があった。

「まだ試作段階ではあるけど」

「え……」

一歩足を踏み入れた茉白は、言葉を失った。

広い空間の真ん中に置かれたトルソーに、純白のドレスが着せられている。

ボリューム感のあるAラインのドレスは、うしろ側の裾が長く広がり華やかでゴージャスな雰囲気だ。ハイネックに長袖の上半身のデザインは全体的にレースがあしらわれ、クラシカルで上品な印象を与える。

「これ、雪……」

ドレスに近寄った茉白が、裾を手に取る。

「茉白が着たいと思うドレスって、これだろ？」

ドレスの裾の刺繍や上半身のレースには、雪の結晶のデザインが施されていた。

スカートのラインや上半身のデザインも、茉白が試着した中で気に入っていた形のものだった。

「どうして？」

目を潤ませた茉白の疑問に、遙斗がペラッと紙を見せる。

「この画力でドレスのデザインは無謀だって考えは変わらないけど」

「え！　そのデザイン画」

「最近なんとなく、茉白の絵も解読できるようになってきた」

そのデザイン画の、誰がどう見ても虫かなにかにしか見えないものは、雪の結晶だった。

「でもこんな、たったの一カ月で」

これだけボリューム感のあるドレスで、刺繍まで施されているものはかなり手が込んでいて時間がかかりそうだ。

「シャルドングループの結婚式ならいいプロモーションになるからって、メアクロが全面的に協力してくれたんだ」

「メアクロ……あ、そっかリリーさんて」

リリーはアパレルブランド・メアリーズクローゼットの令嬢で、経営にも関わっている。この場所は、メアリーズクローゼット本社ビルの特別室だそうだ。

「協力するとは言ったけど、遙斗の超細かい注文は想定外だったんですけど？　試作だって言ってるのに生地は最高級のものを取り寄せて、レースもありものじゃなくて新しく編んで、刺繍はできる限り繊細に、ディテールにもこだわって……って、スタッフ何人入れても終わらないんだもん。お金出せばいいってもんじゃないのよ？」

リリーが不満そうに口を尖らせながら顔を出した。

「いくらいいプロモーションになるって言っても、相手が百合ちゃんの娘さんじゃなかったら途中で断ってたよ」

また茉白の母の名前が出る。

「あの、母のことをご存じなんですか？」

茉白の質問に、リリーはニコッと笑ってうなずいた。

「百合ちゃんがうちのパタンナーだったのは覚えてるでしょ？」

「はい。私が小学生になった頃くらいまででしたけど」

「うん、そうなのよね。超優秀で超頼りにしてたのに、家庭優先て言って辞めちゃったのよね」

メアリーズクローゼットでパタンナーとして働いていた百合は、茉白が小学生になると、家庭に入り家事をする傍ら縞太郎の仕事を外から支えるようになっていた。

茉白は母が家にいるのも、父と仲睦まじく働いているのを見るのもうれしい気持ちになって大好きだった。

「なんか、すみません」

「ああ、いいのいいの。うちにいる間に十分すぎるほど働いてくれたし、優秀な後輩もたくさん育ててくれたから」

「そうなんですか」

初めて聞くパタンナー時代の母の話だった。

「っていっても、これは私がママとかおばあちゃんから聞いた話の受け売りなんだけどね」

リリーは明るく笑う。

「私は百合ちゃんがうちにいた頃はまだ子どもだったから、よく遊んでもらったの。百合とリリーで名前が〝ユリ〟同士だったからすぐに仲よくなって」

リリーが百合との思い出を語る。

「百合ちゃんも超絵が下手だったんだよ～！」

「え」

茉白が驚きの声を漏らす。

「リリー、〝も〟は失礼だよ」

米良の指摘に、リリーは「あ」と言って苦笑いを浮かべた。

「とにかく百合ちゃんて絵が下手だったの。一緒にお絵描きして遊んでもらったときも、バナナかと思ったらキリンだったり、虫だと思ったらイルカだったりとかね～あはは」

「茉白とそっくりだな」

遙斗が笑ってつぶやく。

「だけど百合ちゃんは『私は絵が描けないけど、ほかの人のデザイン画に込められた気持ちを読み取るのは得意なんだよ』って言ってたなぁ。その言葉通り、思った通りかそれ以上にバッチリ立体にしてくれたって、デザイナーさんがみんな言ってた」

リリーが懐かしそうに語った。

（そうだったんだ）

初めて知る母の話に、茉白の心がじんわりと熱くなる。

「でも、母が絵が下手だった記憶ってあんまりないです。あれ？　そういえば絵自体あんまり見たことないかも？」

茉白は小首をかしげる。

「あ、それはたぶんあれね。旦那さんがデザイナーだから、子どもが生まれたら絵は旦那さんに任せるって言ってた」

「百合さんの思惑がはずれて、縞太郎さんの才能は遺伝しなかったんだな」

遙斗がおかしそうに笑った。

「私が百合ちゃんによく遊んでもらってたのって、小学校に上がるちょっと前くらいまでだったんだけど」

「はい」

「その頃、百合ちゃんのおなかには赤ちゃんがいて」

「え、それって」

リリーは微笑んで、またうなずいた。

「そうなの。だから私、びっくりしちゃって。まさか遙斗の結婚相手が、あのとき百合ちゃんのおなかにいた赤ちゃんだなんて！」

『……私だって、まさか……おなかの赤ちゃんが……』

先日のリリーと遙斗の会話の意味がわかった。

茉白は思わず隣にいる遙斗の顔を見上げた。

「浮気じゃないって理解できたか？」

茉白は驚いた顔でコクコクとうなずいた。

（まさかこんな話だったなんて）

「このデザイン画を見たとき、百合ちゃんのことを思い出して懐かしくなっちゃった」

リリーの目には涙が浮かんでいる。

「だからね……今回は遙斗のためじゃなくて、百合ちゃんと茉白ちゃんのために協力してるのよ。ふふ」

「茉白のデザイン画の解読をしたのは俺なんだけど？」

遙斗が不満そうにこぼした。

「それにしても、茉白のお母さんはすごいな」

「え？」

「今でもずっと茉白のことを助けてくれてる」

遙斗がやわらかい笑顔で茉白を見た。

振り返ってみれば、母と父がつけたロスカの名前が茉白の心を解かし、母が特許を申請していた傘が茉白の守りたかったロスカを救った。そして今回も、母がいなければこのドレスはできていなかったかもしれない。

「はい……そうですね、本当に」

茉白の目から涙があふれた。リリーが茉白を抱きしめる。

「百合ちゃんの子どもがこんなに素敵な女性に育ってくれて、こうして出会えて、すっごくうれしい！　メアリーズクローゼットのプライドをかけて、いいドレスにするからね！」

茉白も涙目で微笑んだ。

「じゃあ、早速試着してみる？」

リリーが張りきった様子で提案した。

「はい、ぜふぃ……」

笑顔で「ぜひ！と言おうとした茉白の口を、遙斗が背後から手で塞ぐ。

「いや、今日は見せるところまで。試着はまた後日。俺たち今日はもう帰るから」

「ふぇ？」

口を塞がれた茉白は、振り返って斜め上に目線をやった。

「え、なんで!?　時間まだあるでしょ？　着させてあげなさいよ～！」

リリーが困惑しながら若干憤るように言った。

「今日はありがとう。また連絡する」

遥斗はリリーの言葉を無視して茉白の手を引いて部屋を出ると、さっさとエレベーターに乗り込んでしまった。

＊＊＊

「え、なにあれ？　なんで着させてあげないの？」

部屋に残されたリリーがポカンとした顔で隣に立つ米良に聞いた。

「大好きな茉白さんに一カ月ぶりに会えたんだ。仕方ないよ」

米良は苦笑いだが、どこかうれしそうだ。

＊＊＊

遥斗はエレベーターの中では無言で茉白の手を掴んだままだった。

（遥斗さん？　怒ってるわけじゃないよね？）

ふたりは車に乗ると、遙斗は無言のまま車を走らせた。

「ドレスありがとうございます」

茉白は恐る恐る話しかけた。

「ああ、うん。喜んでくれてよかった」

（セリフと表情が合ってない気がするんですけど）

遙斗は怒っているわけでも機嫌が悪いわけでもなさそうだが、心ここにあらずという表情をしている。

「あの、帰るって言ってましたけど、どこに向かってるんですか？」

車窓を流れる景色は、遙斗の家にも茉白の家にも向かっていないように見える。


気づくと茉白は、高級ホテルのインペリアルスイートルームにいた。

茉白と遙斗がいる広々としたリビングルームには、アンティーク調の花柄のふかふかな絨毯に、同じくアンティーク調で統一された豪華な脚付きソファやテーブルが置かれている。その奥には壁で隔てられたベッドルームがあり、窓の外には高層階からの景色が広がっている。

突然の状況に困惑してまた立ち尽くしている茉白を、遙斗が背後から抱きしめる。

「遙斗さん？」

茉白の鼓動が速いリズムを刻み始める。

「やっとふたりになれた」

遙斗の吐息が耳にかかるくらいの距離でささやかれ、茉白の耳がとろけそうな熱を帯びる。

「あの……？」

「一カ月、すごく長かった」

「え？　遙斗さんは、全然平気だったんじゃないんですか？　私と離れてたって」

茉白の言葉に、遙斗は落胆したような小さなため息をついた。

「本当に信用されてないんだな」

「え……」

「あんなに毎日一緒にいたのに、ひと月も離れて平気なわけないだろ？」

遙斗の声色がいつもよりワントーン甘い気がする。

「茉白不足」

そう言って、遙斗は茉白を抱きしめる腕の力を強くした。茉白の胸がキュンと締めつけられて、心音が大きくなる。

「ドレス、気に入った？」

「はい。あんなに素敵なドレス、気に入らないわけないです」

うしろから回された遙斗の腕に手をあてて、少しだけ力を込めてキュッと掴んだ。

「よかった」

遙斗の声色は、昨日の電話と同じようにどこかホッとしたようなものだった。

「よくわかりましたね、雪だって」

茉白はだんだん速くなっていく自分の心音を感じながら、ポツリとつぶやくように尋ねた。

「正直、全然わからなかったけど」

「あはは、ですよね……」

「試着に行くたびに花柄に少しがっかりしてたから、なにか着たいモチーフがあるんだろうなとは思ってた」

「さすが、よく見てますね」

遙斗は試着の際の茉白の表情もしっかり見ていた。

「わからなすぎて一瞬、ワニかもしれないとも思った」

「それもよかったですね」

茉白はクスッと笑った。

「茉白の一番大事なものを考えたらすぐにわかった。ロスカの雪だって」

遙斗はまた、腕の力を強める。

「茉白はロスカと……お母さんと一緒に結婚式に出たかったんだよな。あれが雪の結晶だってわかったときに気づいた」

茉白の喉の奥が熱くなる。

「あの日、茉白のデザイン画を見て笑ったこと、悪いと思ってる。ごめん」

「え……」

こんなふうに遙斗が謝罪の言葉を口にするのは予想外だった。

「私、遙斗さんは怒ってるんだと思ってました。全然連絡もくれないから」

「正直、茉白が怒るなんて思ってなかったから、どうしたらいいかわからなかった」

いつも自信に満ちあふれているように見える遙斗からは想像ができないセリフに、茉白はキュンと胸を鳴らす。

「【承知しました】なんてすごく怒ってるようなメッセージもきたし」

「あれは……遙斗さんが怒ってると思ったから、大事な話って悪い話なんじゃないかって思って、緊張してなんて送ったらいいかわからなくて変な感じになっちゃって」

「え……？」

遙斗は驚いたような声を発した。

「あのメッセージの意図がわからなくて米良に見せたら『これはかなり怒ってるな』って言われた」

「それはたぶんですけど、米良さんは私がテンパってるってわかってたと思います……よ？」

「あいつ」

悔しそうにつぶやいた遙斗に、茉白は思わず「ふふ」と笑った。

「でも、もっと早く声が聞きたかったです」

茉白はポツリと本音をこぼした。

「謝罪するなら、茉白に笑顔になってほしかったから。ドレスがあったら茉白が怒ってても笑ってくれると思ったんだ」

「遙斗さん」

「ん？」

「案外わかってないですね……」

茉白の声が微かに揺らぐ。

「あんなドレス見せられたら、笑うんじゃなくて、泣いちゃいます」

そう言って、茉白は目を涙でいっぱいにした顔で遙斗の方を振り返った。

「笑ってる」

そう言って遙斗も安心したように微笑むと、茉白の唇に触れるようなキスをした。

「リリーさんが言ってた細かい注文って、遙斗さん忙しいのに」

「ああ。雪の結晶だってわかった日から毎日メアクロに通った。茉白とケンカしてちょうど夕方の時間が空いてたからな」

茉白はバツが悪いという表情の苦笑いを浮かべた。

(だからあの日、いなかったんだ)

「フランスからも毎日のように写真と動画で確認して、一昨日茉白に見せる前の最終的な確認と打ち合わせをしたんだ」

遙斗は帰国したその足でメアリーズクローゼットを訪ね、リリーと打ち合わせを行なっていたらしい。

「そうだったんで――」

茉白が言いかけた瞬間、視界がぐるっと一変した。

「一日早く帰国してたのを言わなかったのは悪いと思ってるけど、まさか浮気を疑われてるとは思わなかった」

遙斗はお姫抱っこの姿勢で茉白を抱きかかえている。

「え⁉ あの！」

戸惑う茉白を、遙斗は妖艶さをはらんだ笑みで見つめる。

「俺がどれだけ茉白のことを考えてるか、わかってないみたいだな」

「わ、わかってます！ あんなドレス」

慌てる茉白の言葉を無視して、遙斗は部屋の奥へと茉白を連れていく。

軽々と運ばれた茉白の体はキングサイズのベッドにフワッと下ろされた。茉白は仰向けから上半身を起こして、両手をついたような体勢になる。

「え……と……」

ベッドの上で茉白を逃がさないようににじり寄り、少し上から見下ろす遙斗の視線に、茉白も空気を感じ取って顔を熱くする。

「毎晩伝えてたつもりだけど、足りなかったってことだよな？」

ネクタイを緩めながら言う遙斗に、茉白はふるふると首を横に振る。

「つ、伝わってます」

茉白の鼓動がテンポを速める。

「こんなに毎日茉白のことばかり考えてるのに」

遙斗の右手が赤く染まった茉白の左頬にそっと触れ、茉白はくすぐったそうな顔でうつむく。

「……そんなこと言ったら、私だってそんなにずっと怒ったりしないですよ……大好き、だから。信用されてないですね」

茉白は上目遣いで言い、無意識に遙斗を煽る。

「へぇ」

遙斗は不敵に口角を上げる。

「知らなかったな、茉白って俺のこと大好きなんだ」

「え？」

恥ずかしがってなかなか言わないものの、茉白も日常でそれなりに『好き』や『大好き』という言葉は口にしている。

「知ってますよね？」

「知らないな。具体的にどういうところが好きか言ってくれないと信用できない」

遙斗は茉白の頬に触れたままニヤリと笑う。その表情から、茉白は遙斗の〝意地悪〟のスイッチを押してしまったことを理解して困り顔になる。

「茉白って俺のどこが好きなの？」

「……かっこいいところ、とか」

茉白は観念しつつも少し不満げに、恥ずかしそうに小さな声で答える。

「見た目ってこと？」

「見た目だってかっこいいです、けど……今日みたいに私のことを喜ばせてくれるところとか」

茉白の頬がさらに熱を帯びていく。

「ふーん」

物足りなげな遙斗の顔が少し茉白に近づく。

「ほかには？」

「え、ほ、ほか？」

何度見ても、何カ月経っても、遙斗の美麗な顔面を間近で見ることに慣れることはなく、茉白はドキドキ落ち着かない。

「茉白ってほかにはどうしたら喜んでくれる？」

「え？」

「全然わからないな」

本当は手に取るようにわかっているはずだろう、と茉白はまた困った顔をする。

「……こうやって頬に触れられる、とかもうれしいです」

遙斗が先ほどよりも少しだけやわらかい笑顔を見せ、茉白の頬をなでる。

「ほかには？」

「頭をなでてもらったり」

遙斗は茉白の頭を優しくなで、すくように指を絡めて茉白の長い髪に口づけをする。

その手つきが色っぽくて茉白はまたドキッとする。

「ほかは？」

「ほ、ほかって……これ以上は」

「こんなものか？」

今度は遙斗が茉白を煽る。

「……キ……ス」

茉白は小さな声でポツリと言う。

「ん？　聞こえない」

遙斗は唇が触れそうな距離まで顔を近づけてわざとらしく聞き返す。

「キス、してほしいです」

茉白の言葉に、遙斗は優しく茉白の唇に触れるようなキスをして、額をコツンとつける。

「ん？」

茉白は物足りなそうな顔で遙斗を見る。

茉白の言いたいことはわかっているような、イタズラっぽい笑顔で茉白を見る。

「……もっと。もっと、してほしいです」

遙斗はフッと笑って、また茉白に口づける。ついばむように何度も何度も、唇や目尻に軽いキスを繰り返す。

「……ん、もっと……もっと大人……の……」

茉白は言葉を選んで、ねだるようにつぶやく。遙斗の瞳が妖艶さを増す。

「大人って、こういうこと？」

遙斗の舌が、茉白の舌を溶かすようにからめとる。同時に茉白の少し荒くなった吐息と遙斗の吐息が触れ合う。そのまま何度も何度も深いキスを繰り返す。

「ほかは？」

「もう、お願いだから……意地悪しないで触れてほしいです……全身に。やっと会えたのに」

茉白は遙斗の首に手を回し、涙目で懇願した。

遙斗はそれに応えるように、茉白の背中に手を回し、ワンピースのファスナーを下ろした。

茉白は下着姿でベッドの上に横たわる。

「あの……そんなに見ないでください」

「なんで？　すごく綺麗なのに」

「だってこのひと月、不安で痩せちゃったんです」

茉白は恥ずかしそうに赤面する。

「そうか、なら茉白が安心できるようにたっぷり愛さないとな」

遙斗の言葉に、茉白は期待と不安が入り混じる。

背中のホックがはずされ、茉白は恥ずかしがって腕で隠そうとするが、遙斗が腕を茉白の頭の上に縫い留めて静止する。

「隠さないで」

遙斗が先端に口づけると、茉白の体がピクッと反応する。

「かわいいな」

その言葉で、茉白の体の奥がキュンとする。

「もっと……かわいいって、好きって……いっぱい言ってほしいです」

茉白のお願いに、遙斗は全身に順番に口づけながら、時折、艶のある声で愛の言葉をささやいた。

遙斗に唇で、指先でとろかされた茉白はもう、体が切ない悲鳴をあげていた。

「遙斗さん、あの……ん」

遙斗が茉白の唇を塞いで優しく微笑みかける。

「言わなくてもわかってる」

甘い刺激が茉白を包み、ふたりの熱が混ざり合って溶け合う。


それからさらに半年が経ち、今日はふたりの結婚式だ。

リリーがプライドをかけて作ると言っていたドレスは、アンティークビーズやレースがふんだんに使われ、試作とは比べものにならないくらい豪華で繊細な仕上がりで、その美しさはゲストたちのため息を誘った。

「私が雪にこだわったのは、ロスカだけじゃないですよ」

挙式を終え、チャペルの外で遙斗の隣に並んだ茉白が言った。

「雪は、雪村専務の雪だから、ロスカも雪村専務もみんながつながるようなドレスだったらうれしいなって思ったんです」

茉白は喜びに声を震わせながら、彼にやわらかな笑みを向ける。

「白は茉白の色だしな」

遙斗は、熱をはらんだ甘い微笑みで返す。

「茉白はブルーが似合うと思ってたけど、白が一番よく似合うな。すごく綺麗だ」

茉白は遙斗のくれた言葉に照れてしまい、はにかむので精いっぱい。

階段の下では、莉子がブーケを受け取ろうと手を振っている。

茉白はあふれるような幸せな気持ちを込めて、澄みきった笑顔でブーケを投げた。

F.i.n.

# あとがき

はじめまして、ねじまきねずみと申します。

このたびは、茉白と遙斗の物語を手に取っていただきありがとうございます。

こちらの作品はおもに通勤中の電車の中で、スマホで書いていたもので、初めて長めの作品が書けたので「賞は無理でも講評がもらえたらうれしいな」という気持ちでコンテストに応募してみたところ、賞をいただいてしまい、書籍にしていただき、今こうしてあとがきを書いています。びっくりしすぎて今でも信じられない気持ちです。

今回のお話の舞台となっている雑貨業界は私が以前に長らく働いていた業界です。

かわいらしい雑貨というのは身近な存在ですが、それを作って売っているメーカーの裏側は決して派手な世界ではないので、なかなか知る機会もないのではないでしょうか？　私が小説を書くなら、雑貨業界を覗けるような作品を書いてみたいと思っていたので、こうして一冊の本として完成させられたことをうれしく思います。もちろん作るものや会社によってもいろいろ違うので、雑貨業界の片隅をほんの少し覗いたような気持ちで、あれこれご想像いただけたらうれしいです。

ヒロインの茉白は、はじめから〝ひたむきでがんばり屋さんな企画営業の女の子〟と決めていたのですが、遙斗は〝冷徹だけどパンダ好きな御曹司〟の設定でした。パンダの白黒に合わせて登場人物や会社の名前を白いものと黒いものに分けてつけていたのですが、いつの間にかパンダはどこかへいき、ワニが出てきました。こちらの作品の元となるものを投稿した際、挿絵機能で茉白が描いた虫に見えるワニの絵も想像しながら描いてみました。この本にも、どこかにいるので探してみてください。

私は普段はデザインやイラストといった絵のお仕事をしているので、絵が下手な茉白が主人公として私を導いてくれたことも不思議でうれしいです。自分の作品をあらためて客観的に読むと、茉白の絵のように稚拙さも目立ち、書籍化にあたっては編集部のみなさまや関わっていただいた方々に大変お世話になりました。多大なご迷惑もおかけしてしまったのではないかと恐縮しつつも感謝の気持ちでいっぱいです。

すてきなカバーをお描きいただいたＮＲＭＥＮ様にも感謝申し上げます。

そして、この作品をお手にとって取っていただいた皆様へも感謝の気持ちをお送りいたします。

ねじまきねずみ

ねじまきねずみ先生への
ファンレターのあて先

〒104-0031
東京都中央区京橋1-3-1
八重洲口大栄ビル7F
スターツ出版株式会社　書籍編集部　気付

ねじまきねずみ先生

本書へのご意見をお聞かせください

お買い上げいただき、ありがとうございます。
今後の編集の参考にさせていただきますので、
アンケートにお答えいただければ幸いです。

下記URLまたはQRコードから
アンケートページへお入りください。
https://www.berrys-cafe.jp/static/etc/bb

# 冷徹エリート御曹司の独占欲に火がついて最愛妻になりました

2024年1月10日　初版第1刷発行

著　者　ねじまきねずみ
©NejimakiNezumi 2024
発行人　菊地修一
デザイン　カバー　Scotch Design
フォーマット　hive & co.,ltd.
校　正　株式会社文字工房燦光
発行所　スターツ出版株式会社
〒104-0031
東京都中央区京橋1-3-1　八重洲口大栄ビル7F
TEL　出版マーケティンググループ　03-6202-0386
(ご注文等に関するお問い合わせ)
URL　https://starts-pub.jp/
印刷所　大日本印刷株式会社

Printed in Japan

乱丁・落丁などの不良品はお取替えいたします。
上記出版マーケティンググループまでお問い合わせください。
定価はカバーに記載されています。

ISBN 978-4-8137-1528-3　C0193

# ベリーズ文庫 2024年1月発売

『クールな御曹司の溺愛は初恋妻限定～愛が溢れたのは君のせい～』 滝井みらん・著

平凡OLの美雪は幼い頃に大企業の御曹司・蒼の婚約者となる。ひと目惚れした彼に近づけるよう花嫁修業を頑張ってきたが、蒼から提示されたのは1年間の契約結婚で…。決して愛されないはずだったのに、徐々に独占欲を垣間見せる蒼。「君は俺もの」――クールな彼の溺愛は溢れ出したら止まらない…!?
ISBN 978-4-8137-1524-5／定価770円（本体700円＋税10%）

『スパダリ職業男子～航空自衛官・公安警察官編～【ベリーズ文庫溺愛アンソロジー】』 惣領莉沙、高田ちさき・著

人気作家がお届けする、極上の職業男子たちに愛し守られる溺甘アンソロジー！　第1弾は「惣領莉沙×エリート航空自衛官からの極甘求婚」、「高田ちさき×敏腕捜査官との秘密の恋愛」の2作品を収録。個性豊かな職業男子たちが繰り広げる、溺愛たっぷりの甘々ストーリーは必見！
ISBN 978-4-8137-1525-2／定価770円（本体700円＋税10%）

『熱情滾るCEOから一途に執愛されています～大嫌いな御曹司が極上旦那様になりました～』 砂川雨路・著

華道家の娘である葵は父親の体裁のためしぶしぶお見合いにいくと、そこに現れたのは妹と結婚するはずの御曹司・成輔だった。昔から苦手意識のある彼と縁談に難色を示すが、とある理由で半年後の破談前提で交際することに。しかし「昔から君が好きだった」と独占欲を露わにした彼の溺愛猛攻が始まって…!?
ISBN 978-4-8137-1526-9／定価748円（本体680円＋税10%）

『怜悧な御曹司は秘めた激情で政略花嫁に愛を刻む』 冬野まゆ・著

社長令嬢の詩織は父の会社を救うため、御曹司の貴也と政略結婚目的でお見合いをこじつける。事情を知った貴也は偽装婚約を了承。やがて詩織は貴也に恋心を抱くが彼は子ども扱いするばかり。しかしひょんなことから同棲開始して詩織はドキドキしっぱなし！　そんなある日、寝ぼけた貴也に突然キスされて…。
ISBN 978-4-8137-1527-6／定価748円（本体680円＋税10%）

『冷徹エリート御曹司の独占欲に火がついて最愛妻になりました』 ねじまきねずみ・著

OLの茉白が大手取引先との商談に行くと、現れたのはなんと御曹司である遙斗だった。初めは冷徹な態度を取られるも、懸命に仕事に励むうちに彼が甘い独占欲を露わにしてきて…!?　戸惑う茉白だったが、一度火のついた遙斗の愛は止まらない。「俺はあきらめる気はない」彼のまっすぐな想いに茉白は抗えず…！
ISBN 978-4-8137-1528-3／定価759円（本体690円＋税10%）